| 16 | 3  | 2  | 13 |
| -- | -- | -- | -- |
| 5  | 10 | 11 | 8  |
| 9  | 6  | 7  | 12 |
| 4  | 15 | 14 | 1  |

MARCELLA FARIA

# NÚMEROS NATURAIS

editora ■34

EDITORA 34

Editora 34 Ltda.
Rua Hungria, 592  Jardim Europa  CEP 01455-000
São Paulo - SP  Brasil  Tel/Fax (11) 3811-6777  www.editora34.com.br

Copyright © Editora 34 Ltda., 2023
*Números naturais* © Marcella Faria, 2023

A FOTOCÓPIA DE QUALQUER FOLHA DESTE LIVRO É ILEGAL E CONFIGURA UMA APROPRIAÇÃO INDEVIDA DOS DIREITOS INTELECTUAIS E PATRIMONIAIS DO AUTOR.

Imagem da capa:
*Joaquín Torres-García*, Composición, *1932,
tinta e lápis s/ papel, 22,5 x 18,3 cm, MoMA, Nova York*

Capa, projeto gráfico e editoração eletrônica:
*Franciosi & Malta Produção Gráfica*

Revisão:
*Alberto Martins, Beatriz de Freitas Moreira*

1ª Edição - 2023

CIP - Brasil. Catalogação-na-Fonte
(Sindicato Nacional dos Editores de Livros, RJ, Brasil)

F386n
Faria, Marcella
    Números naturais / Marcella Faria
— São Paulo: Editora 34, 2023 (1ª Edição).
192 p.

ISBN 978-65-5525-167-8

1. Ficção brasileira.  I. Título.

CDD - B869.3

# NÚMEROS NATURAIS

0. Conjunto vazio ............................................................. 13

### Contagem progressiva

1. Alcova .......................................................................... 21
2. Rio do Peixe ................................................................ 29
3. Caiena ......................................................................... 37
4. Ele ainda está aqui ..................................................... 45
5. Bougainvilles .............................................................. 55
6. Parafuso a mais .......................................................... 63
7. Borboletinha ............................................................... 73
8. A, à, ah ........................................................................ 85
9. Quarto de bagunça ..................................................... 91
10. Cruzamento ............................................................... 97
11. Céu ............................................................................ 103
12. Receita ...................................................................... 109

### Contagem regressiva

12. Partilha ..................................................................... 115
11. Festa no céu .............................................................. 121
10. Beco .......................................................................... 125
9. Casa de doces ............................................................. 129
8. Caco cacho caixa ........................................................ 135
7. Sete e sete ................................................................... 141
6. Contas a menos .......................................................... 147
5. Calibrachoas ............................................................... 153
4. Ela volta já .................................................................. 159
3. Kavachi ....................................................................... 165
2. Rio Doce ..................................................................... 171
1. Quartinho ................................................................... 177

∞. Célula ......................................................................... 185

*para Pedro,
Pedro para,
não, Pedro,
não para.*

Assim um cristal, uma flor, uma concha se destacam da desordem comum do conjunto das coisas sensíveis. Podemos [...] emprestar à Natureza: dar-lhe desenhos, uma matemática, uma imaginação que não são muito diferentes dos nossos. Mas eis que, tendo-lhe dado tudo de humano que ela precisa para ser compreendida [...] ela nos manifesta tudo que é preciso de inumano para nos desconcertar...

Paul Valéry

Quem há que suporte o Vazio?
Talvez Ninguém, nem Livro.

                              Maria Gabriela Llansol

# 0
## CONJUNTO VAZIO

Se era fim ou começo — quando chegou — lhe parecia uma dessas questões fundamentais irrelevantes. Fundamental, talvez, mas só para os seres pensantes obcecados por ideias como origem e destino. No seu caso, ao refletir em privacidade, com gestos próprios e palavras à disposição, era uma questão sem relevância. Para si — assim que chegou, com a coreografia da vida em andamento, ser pensante era uma outra coisa. Era recitar de várias maneiras: Nada é relevante.

Pensava sobre Nada, sabia fazê-lo, embora não gostasse muito de falar sobre isso. Podiam querer entender — diminuindo ou exagerando — esse seu dom. O que seria uma pena, já que os dons costumam ser exatos. São presentes acertados, cabem com perfeição em/a quem se destinam. Justamente por serem dados antes da história começar. Nada é princípio.

Brincava. Dizem que toda criança tem um superpoder e essa intimidade com Nada, era o seu. Do zero aos buracos negros, passando pela teoria dos conjuntos e seus vazios, Nada lhe causava medo ou desconforto, surpresa, paz, curiosidade. Nada basta.

Estudava. Na matemática há várias definições de zero: 0 é o número inteiro imediatamente anterior a 1. Zero é um número par porque é divisível por 2 sem resto. Zero não é positivo nem negativo, ou é ambos, positivo e negativo ao mesmo tempo. Na teoria dos conjuntos, 0 é a cardinalidade do conjunto vazio; se alguém não tiver jabuticabas, terá 0 jabuticabas. Nada é conjunto.

Lia. A folha branca; página de rosto, o rosto do livro que, quando aberto, já estava escrito. A última página, atrás do colofão dando as costas a todas as outras partes. Nada é corpo.

Nadava. Até a exaustão dos membros, sem parar, porque Nada é substantivo. O verbo é nadar.

Sonhava. Ser astronauta, o corpo sem gravidade; flutuar na vastidão do espaço, na ausência das palavras, entre as estrelas; permanecer, suspenso no tempo; envolto no vazio sideral, considerar, só o silêncio ao redor. Nada é meio.

Reproduzia. Os sons, não os buracos da cidade. As cores que abrem e fecham os sinais de trânsito, não os comprimentos de onda quando batem na retina. Os hábitos que viram regras por repetição, não as leis da física. O ar nos pulmões, não a inspiração; o ar ao ar devolvido, a volta ao repouso, o recomeçar do vazio. Nada é fôlego.

Chorava. De soluçar. Por tudo. Por qualquer coisa. Mas quando queriam saber por quê, dizia com um gesto mínimo da cabeça: não foi Nada. Nada é motivo.

Agradecia os favores e as gentilezas. Por educação, repetia: obrigada por tudo. Por educação, respondiam: por Nada. Achava engraçado, o automatismo da fórmula. Nada é reflexo.

Esquecia as razões e as constantes, de propósito. Preferia não prever os deslocamentos mecânicos, as trocas de calor, os equilíbrios químicos, as mutações genéticas, e outras catástrofes naturais. Nada é explicação.

Duvidava da finalidade de certas formas: a duração do infinito enquanto dure, a beleza das formas findas que ficarão, a evolução das infinitas formas que vivem morrendo. Sobre a vida, Nada a fazer, não tem fim.

# CONTAGEM PROGRESSIVA

Os olhos no teto, a nudez dentro do quarto;
róseo, azul, violáceo, o quarto é inviolável.

Raduan Nassar

# 1
# ALCOVA

Quando chegou a Cruzília, coveiro recém-concursado, achou a prefeitura tão linda. Nunca tinha visto nem imaginado parede cor-de-rosa. Aquela cercava alta o chão de ladrilho, talvez lajota — que azulejo não era. Pensou quase audível "gosto de pisos e revestimentos".

Sonhou muito ser mestre de obras, chegou a servente. Era bom de receber ordem, obedecia com muita felicidade. Fazia certo, falava errado, mas baixo. Era manso, só tinha tamanho. Como não gostar do Carlos? Carlão, porque ele era grande e as pessoas não sabem o que fazer de nomes curtos.

Fazia fácil. Era destro, inteligente. Não de letras escritas, mas de entender desenho. Olhava no papel e já via pronto: quarto, cozinha, alpendre e as janelas todas em posição.

Palavra falada, não adiantava. Vinha falatório e ele entristecia, distraía, perdia o prumo. Calmo que era, não chegava a fazer desfeita, mas o pensamento fugia, só o corpo ficava. E quem fala, quer plateia. O responsável se injuriava. Um pouco era inveja das plantas dos arquitetos que Carlão tirava do papel sem força. Um pouco era impaciência com o tamanho daquele capricho. Nunca tinha visto tacos assentados daquele jeito, um chão tão perfeito que parecia definitivo, em paz.

Era lento e quieto fazer tão bonito. "No ramo da construção é preciso ser ágil, solícito e eficiente", diziam. Carlão não entendia "ramo", nem "ágil", nem "eficiente" e, muito menos, "solícito". Seu ramo era rima tímida, um arrimo, um jardim dos "pisos e revestimentos", como a natureza teria construído. E jardim lá tem quina, aresta, desencontro? — então. Jardim por acaso amanhece pronto? — então. Jardim, isso é certo, não fica cheio de ladainha explicando como constrói sua perfeição.

Carlão revolvia o cimento onde ia plantar cada pedra mineira, depois tomava distância e olhava. Ficou bom. Sempre ficava. Ele tinha medida, embora não tivesse todas as maneiras. Ninguém tem.

Gostava do trabalho e gostava dos colegas de lida. De vez em quando, tomava uma cerveja com eles e as mulheres, namoradas; gostava delas também, eram alegres; nessas ocasiões, Carlão até soltava uma risada contida. Mas conversa mesmo era só na obra, o mínimo necessário. Tinham um time bom, cada um sabia o seu papel, sem precisar de discussão. A vida parecia correr com tranquilidade, mas um dia seu Paulo avisou que ia dar baixa na carteira. Acabando aquela obra, estava difícil arrumar a próxima. Estavam dispensados. Seu Paulo não foi muito correto com eles, tinha contratado outro pessoal, mais barato e mais ágil, solícito e eficiente. Para Davi, Joca, Valdir e Carlão ficou difícil procurar trabalho como equipe, era gente demais. Iriam cada um para o seu lado, melhor assim.

Foi a Socorro, namorada do Davi, quem viu no *Diário Oficial*, um concurso público anunciado:

"A Prefeitura de Cruzília, no estado de Minas Gerais, divulgou o edital de concurso público nº 01/2014, através do qual pretende contratar 56 profissionais de nível fundamental. O salário é de R$ 724,00, em jornada de 40 horas semanais. As chances são para os cargos de coveiro, gari, magarefe, motorista, pedreiro e pintor. As inscrições de 02 a 31 de março."

A Socorro gostava muito do Carlão. Namorava com o Davi. Ia ao parque com o Davi e tomava sorvete, e tomava cerveja, e dançava forró, mas gostava em segredo do Carlão. Carlos Marcelo Cavalcante, ele tinha um jeito de artista, um mistério, assim como se a vida não fosse com ele. E ela gostava, sentia o peito acelerado cada vez que conseguia trocar umas palavras com ele. Socorro prestava atenção, se preocupava, queria entrar no mundo escondido daquele corpão. Quando veio o aviso prévio para todo o pessoal — Davi, Joca, Valdir e Carlão, Socorro só pensava no que seria dele: Carlos Marcelo Cavalcante.

Ela era louca por diário oficial, obituário, horóscopo. Lia tudo, quase todos os dias. Era orgulhosa de ler tão bem, com pausa, entonação. Lia assim, porque entendia o que estava lendo, e pensava naquilo, refletia para além do que estava escrito, imaginava histórias para as palavras impressas. Socorro era bem saliente, arrebitada. Olhos espertos, presentes, olhos que liam, entendiam e viam longe um futuro, para Carlos Marcelo Cavalcante.

Lembrava-se de ele ter falado uma vez que, em Cruzília, tinha um terreno, medido em palmos, no fundo da casa dos pais. Socorro não conseguiu mais parar de pensar nisso, como projeto. Foi com seus olhos certos, com seu cheiro de quem está sempre saindo do banho e com sua pele dura e macia que tomou coragem: falou para o Davi que o problema não era ele, mas ela; que gostava muito dele, mas de outro jeito, como amigo.

Pegou o ônibus e foi sussurrando para si mesma o que diria para o Carlão, pensando que talvez fosse melhor ler. Quando chegou, ele, saindo de casa de cabeça baixa, não entendeu o que a Socorro fazia ali. Ouviu, porque sempre ouvia. Entendeu que seus planos eram também para ele. Teve um nervoso que nem sabia ser possível, porque seu sentimento por ela já existia calado, só precisava de um cutucão para desentocar. Existia proporcional, grande como seu corpo.

Socorro — em poucas palavras bem ensaiadas — explicou sobre o concurso em Cruzília. Ele ficou até emocionado que ela tivesse prestado atenção naquela história do terreno nos fundos da casa dos pais. Afinal, ele tinha mencionado aquilo uma única vez em voz alta. Bastou. Como se fosse cena final de novela, Socorro convenceu Carlão do impossível: o futuro deles era o mesmo, longe dali.

Ela ajudou no estudo para o concurso com uma paciência inédita. Carlão passou. Mas não teve jeito de ser pedreiro, por causa da pontuação. Para coveiro, chegava, até sobrava um pouco. Dava para ele escolher se queria limpar as sepulturas ou cavar os túmulos. Coveiro é quem cava a cova, pensou. Lembrou dos tacos assentados em silêncio, dos assoalhos em paz, definitivos, dos amigos deixados para trás e achou todas aquelas tristezas muito íntimas, boas de enterrar em buracos. Escolheu.

Passou anos em Cruzília cavando, tapando, nivelando, assentando placa, plantando canteiro ao redor. Enterrou muita gente. Caprichava sempre e tanto no uso da pá, da espátula, do nível, que vinha gente de longe para ver as sepulturas. Era assim que sabia fazer.

Cada cova trabalhada era um pensamento no terreninho nos fundos da casa dos pais. A casa nova que ele ia levantar do chão, fácil, feito pipa, assim que desse uma folga. Pensava já grande, contando os cinco filhos que a Socorro ia parir: o alpendre bem espaçoso, a sala desaguando pela porta e espiando, pelas duas janelas, a rede pendurada. Dentro, o fogão de lenha, lá mesmo na sala, assim já esquenta e esfria, come, lava e guarda. O banheiro simples, bem limpo, de louça branca e quatro carreiras de azulejo azul. O quarto dos meninos deixava no cimento só desempenado, esperando um piso de sonho, surpresa até para seu pensamento. O quarto do casal por último, parede rosa e o ladrilho-lajota-que-azulejo-não-era, igual, cuspidinho aquele salão da prefeitura que ele nunca esqueceu.

Ao fim de todo dia cavado, Carlão contava o salário que viria em ripa, cano, tijolo, argamassa e cal. O sonho daquela casinha já tinha engrenagem própria. Funcionava sozinho, por trás dos olhos, entre os ouvidos, no silêncio do pensamento de Carlão. Cada canto daquele quarto, perfumado por sua Socorro, a pele brilhando, eles atirados na cama olhando para o lustre do teto, às vezes batia um vento, os penduricalhos faziam música e a luz meio arroxeada, umas sombras de outro mundo. A respiração sobrava, de tanta alegria.

Mas não vieram os cinco meninos, nem quatro, nem dois, nem um. O tempo passava, os filhos não chegavam. O sonho da casa dos fundos ia laceando, ficando grande demais para Socorro e Carlão sozinhos.

A estranha matemática da vida não é propriamente exata; 2 era para virar 3, 4, 5, 6, até 7, mas não; 2 foi ficando, cada vez mais, dois. Dois puro, dois só, dois juntos, dois: um. Quanto mais o tempo passava e os filhos não vinham e o abraço apertava, o amor virava o mesmo — dos dois, um.

Aquele sonho subtraído foi sendo simplificado. "Não precisava tanto tijolo, eram cômodos demais, era espaço à toa, era muito trabalho para limpar." Besteira usar o terreno, construir outra casa. Um dia quem sabe, depois. Por enquanto, os fundos, o fundo, fundo, era até mais do que eles precisavam para caber.

Porque Socorro e Carlão eram perto, dentro um do outro. Suficientes. Sem alpendre inundado por porta. Sem fogão no umbigo da sala. Sem criança amontoada em chão incerto esperando surpresa.

O resto, a sobra da conta do amor dos dois dividido, era zero. Não existia.

Eles dois elevados naquele quadrado já era muito. Era tanto, eram tanto, que bastava muito menos. Bastava um puxadinho ladrilhado, pintado de rosa. Bastava eles dois misturados — um cheiro, um gosto, um gozo — olhando para o mesmo teto. Bastava um quarto.

Nas margens dos rios há toda espécie de curiosidades, pequenos teatros iluminados por lanternas de papel, lâmpadas a óleo e fogueirinhas que brilham como de dia.

Yasunari Kawabata

## 2
## RIO DO PEIXE

Um sol de estourar cigarras. A tarefa exigia determinação. Quando se procura uma planta rara tem que ser de dia, frio ou calor. Para procurar qualquer coisa, aliás, o melhor é contar com a luz. Seguiam o leito do riacho gelado, afluente do Rio do Peixe. O solo argiloso, vegetação farta de todos os verdes. No começo do Brasil, até ouro acharam ali, e pedras. Pelos seus cálculos, havia de ter planta rara naquelas margens também.

Falava para si mesmo os argumentos, repetia na cabeça. Mas seu convencimento cheio de palavras durou pouco mais que uma revoada de maritacas. Lembrou-se da vó Zulmira falando com calma: "Não adianta nada buscar sob a luz do abajur da sala, uma chave perdida na escuridão do quarto". Era verdade sensata, ele sabia. Ainda assim, sem garantia, era melhor procurar de dia. Recomeçava a lista de razões para seguir, determinado, em silêncio.

No ritmo em que garimpavam aquelas margens, chegariam em Cruzília ainda naquele dia, talvez até antes do lusco-fusco. Marília, já ofegante, um pouco triste, não parava de pensar que era injusto. Quando ele traçava a rota daquelas expedições, planejadas para o sol escaldante da procura das plantas, não era nada democrático.

E não era mesmo. Ele achava que cada um tem uma ideia. Se fosse consultar todo mundo, o que era para ser um plano, acabava virando uma briga. Discutiriam até o anoitecer, perderiam a luz dos dias. Vó Zulmira, saudosa, já falecida, sua única consulta, sua única aliada. Ela sim, tinha conselhos iluminados. Marília não se surpreendia, era a cara dele se aliar aos mortos, aos livros de botânica e aos mapas. E ele adorava mapas, mas não para discussão. Mapa, em sua visão, servia para ver o destino. Como os caminhos das linhas, na palma da mão. Ele escolhia seguindo o desenho dos rios onde houve mineração. A teoria era essa: se os metais preciosos descansaram ali, raridades botânicas certamente teriam vingado também, por conta das condições específicas do solo, era só procurar direito.

Era uma hipótese boa, cheia de razões. O roteiro escolhido, por outro lado, não tinha nada de lógico. A sequência das paradas a cada expedição esquecia a ciência, era escolha gramatical. Ele ia elencando os nomes mais bonitos das cidades nos leitos dos rios; em cada margem metálica recolhia os nomes mais cheios de significado, "os mais poéticos". Ele dizia e repetia, articulando as palavras para que os outros ouvissem aquilo que só ele conseguia ver. Se o preço das escolhas fosse um trajeto impossível, muito sacrificado, sem pé nem cabeça, paciência.

Cruzília vinha antes de Desterro de Entre Rios. As distâncias eram grandes, as estradas horríveis, os rios nem eram interligados. Ainda assim, lá estavam eles no meio daquele caminho, ladeando um braço esquálido do Rio do Peixe. Ele achava uma perfeição fazer a rota daqueles nomes. Cruzília vinha de encruzilhada, terra da cruz, cruzamento de duas estradas: um encontro. Desterro de Entre Rios era o contrário, um desencontro; dois rios correndo paralelos para nunca mais e a cidade descansando no meio. Partir do encontro de Cruzília para a separação de Desterro. Para ele, aquilo era uma poesia; para Marília, um presságio.

Marília já não aguentava as expedições delirantes do marido. Tudo era do jeito dele. Os planos eram só dele. Ela, se quisesse e calasse, poderia acompanhá-lo. Que as plantas e os mapas e os nomes ocupassem todo o espaço do seu afeto, ela entendia e até admirava. O que estava matando Marília era sentir-se solteira em seu casamento.

Sempre que a solidão apertava, era tomada por uma tristeza funda, mas depois passava. Acabava relevando; os dias não eram tão ruins, afinal. A dureza daquelas expedições até que aproximava os dois. Eles riam de coisas bobas e gostavam de estar juntos no campo de coleta. Falavam das inflorescências de gramíneas, minúsculas, tão difíceis de classificar. Improvisavam instrumentos de medição. Tinham poucos materiais, precisavam ser engenhosos nos encaixes. Às vezes as mãos se encostavam. O canivete era compartilhado, o hidrosteril dos cantis, renovado. Sempre havia os assuntos vegetais, as chaves dicotômicas, o entusiasmo acalorado de uma descoberta em dias longos, repetidos.

Mas as noites, depois dos dias, são lei. Não perdoavam a distância entre os dois. Comiam automáticos, sempre sopa. A conversa ficava subcutânea, como um berne. Impossível saber no que ele tanto pensava. Mais de noite do que de dia. Marília se lembrou da vó Zulmira: "Quem pensa, não casa". Já não era casamento aquilo. Dormiam cansados e alheios, mal se encostando.

Marília torcia para as noites passarem depressa e os dias trazerem assunto. Esperava que cada dia consertasse o estrago da noite. No fundo sabia que era injusto esperar tanto: luz não acha coisas perdidas, nem cola cacos ou seca feridas.

Aquela noite em Cruzília, o frio começando, ela havia decidido: seria a última. Marília partiria assim que amanhecesse, acompanhando o grupo. Ficaria junto dele nas coletas e refeições, como de hábito; riria de algum comentário retumbante que ele, inspirado pelo bioma, faria. Tirariam juntos as botas de caminhada para bater as pedras fora, colocariam os pés descalços na água corrente e gelada do Ribeirão das Pedras, dividiriam uma maçã descascada com o canivete dela, mais afiado. Os olhos se cruzariam sem insistência, com algum carinho, costumeiro. O dia marinando em mesmice, não fosse pelo fato de ser o último que passariam juntos. Os dois sabiam em segredo que quando chegassem a Desterro, tomariam leitos opostos, cada um seguiria seu curso.

Assim foi. Com a cidade no horizonte, Marília simplesmente divergiu a rota, foi ficando para trás do grupo, com uma ponta de esperança: talvez acusassem sua falta, talvez gritassem seu nome. Mas não veio grito, ele não a reclamou ao seu lado. Então, no silêncio daquela sentença, ela enveredou por um atalho que cortava a margem do riacho das pedras, rumo a não sabia aonde.

Marília buscava novos nomes, outras palavras. Aquelas que ela escolhesse em seu mapa, com suas razões. Mas remoía o fato de não ter havido alarde, arrependimentos, um arremedo de grunhido entredentes, alguma dor. Adeus, nem por escrito. Se debatia entre o ímpeto de flutuação das raízes aéreas e uma melancolia funda de linhagem subaquática. Cansada, foi embora como um corpo semimorto na correnteza, de vez em quando dava uma braçada para corrigir de leve a rota. De repente, um barulho de bicho, um susto e Marília se aprumou — alerta, algo acordou nela, respirou e, num esforço voluntário, mudou de ânimo. Passou a andar um pouco mais decidida, munida de uma coragem estranha, meio volátil e malcheirosa, dessas que emanam dos farelos; entre cascas, restos, carcaças. Com a cabeça quase livre do peso, pensou vingativa em algo que o deixaria furioso: Pasteur estava errado, existe, sim, geração espontânea. Quando as coisas apodrecem e se desfazem, viram, sim, micróbios à procura de alimento e luz e calor. Num primeiro momento, nem sabem pensar em amor, precisam sobreviver e só, sem muita ênfase nos sentimentos. Era o que fazia Marília, vagando em direção ao próximo vilarejo insinuado em seu horizonte, quase no escuro. A lua ausente tinha se estilhaçado em milhões de cacos, que são as estrelas do céu. Marília estava desorientada, mas não perdida. Tinha a certeza de que seus dias seriam mais tristes, mas suas noites teriam mais luz.

* * *

Sozinho na companhia de seu velho mapa aberto na cama da hospedaria, ele se lembrou da avó que não era nem dele, nem viva; era da Marília e já estava morta. Pensou na vó Zulmira e pensou na vida: "Quem pensa, não casa", uma lembrança que deveria ter vindo antes, com as evidências. Quando sua cama era compartilhada com Marília, ele não tinha todo aquele espaço para escancarar o mapa e sonhar; a Terra ficava acanhada, faltando abrir um pedaço. Ali sozinho, ele enxergava mais longe: atravessava o Brasil inteiro ciscando nomes nas margens dos rios. Pensou em Boa Solidão, Pernambuco. Sem convicção, seguiu mais ao norte onde nunca tinha ido, chegou até a Guiana Francesa, cheia de rios de aluvião. A mineração de ouro e alumínio ainda era ativa naquelas margens. Leu alto os galicismos tão bonitos nos nomes das cidades, mesmo quando não os entendia por completo. Para escolher cidades, seu francês dava e sobrava: primeiro Bienvenue, no rio Camopi, depois Patience e, finalmente, Délices, às margens do rio Mana. A sequência física, mais uma vez, não era muito lógica, mas fazia muito sentido: chegar, perseverar, desfrutar. Noite e dia, com determinação. Era preciso seguir buscando a poesia das margens.

O vulcão reticente guarda
planos sempre despertos;
sem confiar suas intenções rosadas
aos precários seres.

Emily Dickinson

# 3
# CAIENA

O que era para ser uma escala, virou destino. Horas no saguão de espera de um aeroporto nos confins da Guiana Francesa. Eles eram três passageiros apenas, vagando com os crachás improvisados da Surinam Airways: em conexão.

A fumaça negra de um vulcão congelou-os naquela espera infértil. Deveria haver mais gente ali, mas os demais haviam voltado para casa ou nem aterrissaram em Caiena, seus voos cancelados por prazo indeterminado. Tiveram outra sorte, ficaram presos no antes ou no depois. Eles três não, estavam em trânsito, suspensos pelos arroubos de um vulcão nervoso.

Até a véspera, parecia um vulcão conformado. Anos aposentado, de pijamas, esquecido do mundo e pelo mundo. Mas justo naquele dia, acordou enfurecido, cuspindo fumaça. Naquele dia fatídico, em que passavam por Caiena as três almas jovens e pesadas.

Sobraram ali, sem vale-refeição, hotel, alternativa. Sem adaptador de tomada para carregar as baterias agonizantes dos eletrônicos. Em seus cansaços, pareciam estar no purgatório.

Paula tinha cabeça e coração matemáticos. Embora nem fosse preciso especial pendor para geometria no caso daquela escala. A verdade era simples: a menor distância entre dois pontos é uma reta. Por isso, ela odiava escalas. Um triângulo, onde deveria haver apenas uma linha. Uma intromissão. Se tivesse decidido sozinha seu trajeto, jamais teria comprado aquela passagem triangulada. Seu plano para a viagem era: chegar, expor sua elegante demonstração do "teorema da desigualdade triangular", agradecer o prêmio de jovem talento e, ainda com os olhos baixos por trás dos óculos quadrados, voltar sem conhecer sequer o campus da Universidade da Flórida, em Gainesville. Não havia, na sensatez de Paula, espaço para o inconveniente das escalas e desvios.

Consumida em seu segundo bloco de papel pautado, Paula desfiava o rosário de todas as fórmulas que conhecia, à caneta, assim não tinha volta. Quando a mão doía de tanto calcar os limites e derivadas, olhava de soslaio para a outra menina e o cara dos dreads, seus companheiros incidentais naquela espera.

A outra menina era irritante, jogava Sudoku com desatenção. Paula se exasperava, não tanto pela lentidão. O problema era o uso repetido da borracha cor-de-rosa na ponta do lápis amarelo. O uso gastando as coisas, isso afligia Paula. A outra menina ouvia música através de um fone gigante, não parecia preocupada em economizar a bateria de seu celular. Apertando os olhos, balançando a cabeça e ensaiando uns versos quando gostava do que ouvia. Se não, retomava o lápis que se acabava pelas duas extremidades — quase sem ponta, quase sem borracha —, um campeonato de finais, e voltava ao Sudoku.

O cara dos dreads era bonito. Paula saberia com mais certeza se tivesse sustentado a troca de olhares quando ele, deliberadamente, a encarou por alguns segundos, mais de uma vez. Ela queria espiar o que ele fazia com a lapiseira e o caderno preto, mas, com igual intensidade, evitava olhar. O constrangimento de Paula parecia diverti-lo, era esse tipo de gente que sabe bem o efeito que causa nos outros. Parecia desenhar com as palavras, mas não um jogo pronto, como palavras cruzadas ou caça-palavras. Ele fazia um jogo de palavras próprio, talvez fosse escritor ou poeta.

Sofia. Nome de filha de pais modernos e, portanto, separados. Antes de suas peregrinações pelo mundo, eles a batizaram assim. Convictos de que não lhe faltaria nada. Fato é que passagem aérea para chegar onde um e outro estivesse nunca foi problema, embora também não fosse tarefa fácil. Ela chegaria ao pai, com escalas, fosse onde fosse: o cargo diplomático, a missão humanitária, a distinção acadêmica, a mulher da sua vida, naquele momento. Também não teria problemas em retornar para a mãe e o padrasto norte-americano, como faria nessa viagem, antes de ser interrompida pelo vulcão.

Naquele momento, Sofia só esperava: sozinha e sombria. Sombria nem tanto, porque era solar. Preenchia seu Sudoku, sem soberba, pura intuição. Intuição às vezes falha. A tabelinha estava certa, nas três últimas transas. Mas falhou. Estava grávida. Dois a um para o Lior, mas talvez fosse do Felipe. O feto. Que nojo. Alternava trilhas sonoras no enorme fone de ouvido — cada canção, um dilema: pai & mãe, Lior & Felipe, Miami & Manaus, faculdade & trabalho. Simplificava em binômios para ficar mais fácil. Antes que a angústia ganhasse volume, Sofia atacava o Sudoku: "os 9 estão colocados, suave, deixa eu tentar os 3 agora". Se desse mais errado que certo, o lápis tinha borracha, era só apagar. O filho-feto também, ainda dava para apagar. Aquela escala era até uma oportunidade, tempo para decidir aonde vão os 3 do Sudoku, e da vida. Se é que a possibilidade de serem 3 — pai, mãe e filho — existia para ela.

Nas malas de Sofia tinham ficado: os carregadores, a frasqueira com seus remedinhos tarja preta, de quem teve diagnóstico de déficit de atenção ou dislexia e frequenta um psiquiatra; amostras de perfume, presentes da última madrasta; os beques apertados entre as meias; duas balas, sobra da última noite com o Felipe. Nas malas tinha ficado a diversão. Era difícil pensar em prazer naquele saguão, usando crachá, esperando vulcão, com aqueles dois esquisitões. "Ninguém merece." A outra menina tinha peitos grandes, o cara tinha olhos pequenos. Eram gostosos. Sofia pegaria os dois.

Kléber achava seu nome injusto, descombinado dele. Era nome de jogador de futebol, que precisa de Ks e Ys e Ws. Tinha vergonha do nome "Kléber", que não preconizava o acadêmico e o poeta talentoso que ele era. Ele pensava rápido, seus versos eram agudos, cheios de insights. Ao mesmo tempo, era detalhista, atento às notas de rodapé e rigores formais em seus textos de teoria literária. Ainda tão jovem e o seu primeiro livro de poesia já havia sido traduzido para o inglês. Foi assim, aliás, que bancou aquela viagem; Kléber estava indo defender suas palavras nas noites de autógrafo de um país estrangeiro. Era sua primeira escala.

Outra injustiça ou desajuste, além do nome, era sua beleza incomum. A beleza, ao contrário de uma escala, é um atalho. Kléber ralava. Gostaria que fossem visíveis o esforço e a disciplina por trás do sucesso de seu trabalho, não tinha obtido toda aquela projeção apenas por ser clara e escancaradamente bonito. Mas era o que muitas vezes pensavam os outros. Porque ele era lindo. Podia raspar a cabeça, trançar dreads, descolorir os cabelos e, ainda assim, não se enfeiava; multiplicavam-se meninas e meninos de todas as idades, abrindo pernas e lábios para ele. Era um tesão.

Kléber tinha muita coisa dentro de si, nas profundezas da pele, era denso e improvável. Mas as pessoas paravam na superfície.

As duas garotas dariam bons poemas, ele chegou a esboçar notas em seu caderninho sem pauta. Uma era míope e tensa, a outra parecia mais sacana, violenta. Pensou falar de métrica com a dos óculos, seria um desafio penetrar em sua concentração, despertar seu interesse por algo que não fosse números. Havia os decassílabos e os dodecassílabos para explicar, ela podia gostar. Cogitou se aproximar da outra e perguntar o que estava ouvindo, talvez pudessem falar de música, discutir a lírica na música pop, se era um erro o prêmio Nobel para Bob Dylan. Ele dosando, como sabia fazer, despretensão e erudição. Costumava ser irresistível.

Teria falado com as duas. Mas não deu tempo. Desde que desceram do avião naquele fim de mundo, havia entre os três uma espécie de tensão. O ar do saguão estava impregnado de apetite e não de intenções. Era carne, não conversa.

A noite foi ficando mais úmida e quente, o muco que saía da vagina de Paula e do cu de Sofia, também. As calcinhas se empaparam. O clitóris de Sofia e os peitos de Paula foram entumecendo, o pau de Kléber endureceu. Sofia derrubou o lápis, Paula foi ajudar e esbarrou em Kléber. Riram constrangidos e levantaram as cabeças todas. Quem começou? Irrelevante. Os olhares, ao se cruzarem no mesmo plano, chegaram a um acordo. Desenharam um triângulo imaginário. Kléber que olhava Sofia que olhava Paula que olhava Kléber. Foi se tocarem e, quando viram, estavam se comendo ali mesmo na lanchonete fechada, às moscas: dedo enfiado, língua enfiada, pau enfiado; indo e voltando, ritmados; quente, molhado; um esfregando as duas, cada uma chupando um; palavras curtas, gemidos; tudo era buraco. Cada buraco bom, redondo, acertado. Os três líquidos se misturando. Um cheiro forte de soma. O suor, o sêmen, a saliva.

Quando a voz da Surinam Airways retomou o dia, sensualizando os alto-falantes, eles acordaram. Depois de terem dormido pelados. Se cobriram como deu, na pressa, as roupas meio trocadas. No chão, as folhas pautadas preenchidas de incógnitas, o Sudoku encalhado, as palavras soltas no rascunho, quase se misturaram. Mas não, bloco, poema e jogo haviam permanecido separados, prova da espera dos três em suas solidões avulsas de antes do cruzamento.

Acordavam arrepiados e incrédulos. Na noite, o esconde-esconde tinha virado pega-pega. Tinha sido bom. Uma escala que acabava ali. Depois, viria o depois, de cada um. Amassados, embarcariam no próximo voo. Só precisariam mostrar os crachás.

O destino dos três era o mesmo, Miami. Longe, perto. Além das expectativas, aquém das fantasias. Gente chegando de muitos lados, polícia federal, imigração. Miami, algo entre pena e projeto. Se terra, céu ou inferno, pouco importava. Kléber teve tempo de pensar em Drummond e na vastidão do mundo sem solução; Paula, em todas as equações órfãs à espera de uma adoção; Sofia, na solução definitiva de zerar seu ventre.

Para os três, a cada solidão futura — e hão de ser muitas — a lembrança daquela noite em Caiena fará as vezes de companhia. Toda vez que faltarem números ou palavras para preencher as esperas, as três almas terão saudades do limbo. Um lugar infinito, cheio de matéria quente e buracos úmidos, embalado pelo fogo subterrâneo que eles, desavisados, acordaram. Um vulcão alerta, em constante erupção.

seja espaço, quadrúpede, mesa,
está racional em suas patas;
está plantada, à margem e acima
de tudo o que tentar abalá-la

> João Cabral de Melo Neto

# 4
# ELE AINDA ESTÁ AQUI

Eram quatro: Anton, Boris, Ivan e Vladímir. O que o pai tinha na cabeça quando escolheu, já não dava para perguntar. Tinha se calado com o derrame. Antes, poderiam ter perguntado, mas então o pai só falava quando lia em voz alta, nunca contava histórias sobre si, não dava explicações.

Talvez fosse essa a tristeza maior dos meninos. Esperaram que a velhice pudesse suavizá-lo; que viessem, a reboque dos anos, palavras concatenadas como legendas de tradução para aquele homem incompreensível.

Mas a velhice o calou.

Os quatro nomes. Poderia ter sido seu gosto pelos autores russos que os determinara. Era tão culto, lia para respirar. Teria sido uma explicação para as incontáveis horas que impunha aos meninos ao redor da mesa. Os quatro, ouvindo em desconforto. Precisavam se encarar dois a dois, a mesa não era grande, enquanto tentavam enxergar, em suas cabeças, as cenas narradas em voz alta pelo pai. Permaneciam sentados naquelas cadeiras sádicas, com sua trama de palhinha cortando a circulação das pernas. O pai impostando a voz que, ainda assim, lhe saía rala, lia quase feliz, abraçado pela poltrona aveludada, acolhedora como colo de mãe. Não havia ponto final que o fizesse parar! E o movimento contínuo, ou é inércia, ou é felicidade.

Ouviram algumas vezes autores russos: Anton (Tchekhov), Ivan (Turguêniev), Boris (Pasternak), Vladímir (Maiakóvski). Mas principalmente outro nome, Liev (Tolstói) — uma espécie de preferência que não encaixava na hipótese dos nomes literários. Além do mais, ouviram tantos outros autores: Gabriéis, Jorges, Julios, James, Marios, Thomas. Nomes que não eram só porque russos. Não. O porquê dos nomes estava naquilo que tinham escrito, fosse onde fosse, sem precisão de lugar. Os livros precediam os nomes, o pai lia bons livros. Escritos por homens.

Mulheres não. Nem os nomes, nem os livros. Mulheres, o pai não lia. Talvez não gostasse de nenhuma. Pareciam ter se tornado sinônimo de infelicidade, interrompendo algum movimento contínuo. Mulheres como barreiras, desvios, cortes, coágulos. De qualquer forma, não havia naquela mesa uma mulher. Nunca houve mãe, só o nome evocativo de livros que jamais foram escritos. A Rosa, raramente pronunciada.

Quatro é um número bom para sentar à mesa e viver a infância. Quatro acomoda todos os jogos, cartas e tabuleiros. É suficiente para parecer muito no esconde-esconde e no pega-pega. Mas não perfaz uma multidão daquelas que desanimam a espera de uma próxima vez, nas brincadeiras com rodadas. Quatro é ótimo. Muito raro um ficar sozinho, normalmente são dois e dois. Para dormir: o quarto dos grandes e o quarto dos pequenos; todos podem ter as camas encostadas no gelado da parede. Dá pouca briga. Quatro é completo em cantos e pontos cardeais, uma geografia que mal requer horizontes. Assim, aquela mesa de sacrifício era, no mais das vezes, um local de comunhão.

Os nomes. Se não eram os autores russos a inspiração, talvez fossem os líderes comunistas. Outra predileção silenciosa do pai era o marxismo. Se os meninos tivessem podido perguntar a alguém, saberiam que houve militância, comitês e jornais clandestinos, companheiros e luta. Talvez, a grande ironia fosse aquele pai, membro do partido comunista, com vocação para o ativismo, genial como prometia, ter se tornado professor de estatística na Universidade da Flórida, em Gainesville. Uma cidade suburbana com pretensões de polo cultural, mas cercada de consumo e futilidade por todos os lados.

Disso — o paradoxo do intelectual preso na biblioteca da solidão, com os brinquedos e sem os amigos — os quatro meninos não sabiam. Intuíam alguma tristeza naquele olhar retilíneo do pai, estranhavam que suas palavras fossem apenas leituras, reproduções de pensamentos alheios. Quando o pai lia para eles sentadinhos à mesa, a voz vinha de muito longe, mais longe que a periferia da sala de onde falava aninhado em sua poltrona puída. Quando lia os russos da revolução — um Vladímir que era Lênin, um Liev que era Trótski — talvez falasse desde si mesmo, jovem e interrompido, muito longe dali.

Mulheres também não havia entre os revolucionários lidos, a Rosa que poderia ser declamada, a de Luxemburgo, fazia lembrar a outra, a ser esquecida.

Os meninos blefando no pôquer, ou enchendo de xarope as panquecas, cúmplices absolutos naquela mesa para quatro, pareciam felizes. Seu tempo era o presente. Mesmo quando trocaram os bigodes de groselha por bitucas de cigarro e revistas de sacanagem. Adivinhavam a frustração de seus nomes mudos, incapazes de levar o pai ao tempo das explicações. Era como se aqueles quatro nomes russos tivessem ficado órfãos, sem origem. Mas eram irmãos, eles tinham uns aos outros: Anton, Ivan, Boris e Vladímir.

Eram queridos na cidade. Chamados de "os quatro bolcheviques" por algum professor de história, o apelido pegou. Por serem quatro, eram notáveis. Nomes inexplicados, mas em conjunto tinham sua força, seu segredo. Ter irmãos é um abraço. Mesmo quando a mãe é só um perfume e o pai vive nos livros.

Até o pai implicar com a senhora cubana que punha ordem na casa, ela cuidou dos quatro como pôde. Seu raio de ação era limitado, um círculo em volta da máquina de lavar. Meias e cuecas alvejadas, amaciadas, dobradas e empilhadas, almoço servido na mesa, jantar no forno, era só esquentar. Enquanto fazia tudo isso, sem invadir os espaços além da cerca imaginária erguida pelo pai, ela cantava. Restituindo aos meninos o embalo que a vida lhes devia. Fazia cócegas para revelar covinhas esquecidas em seus rostos surpresos, e esquentava a bolsa d'água para todas as dores do corpo. O pai lendo no canto, esperava motivo. Um dia, em sua alegria distraída, ela fez uma pilha de livros, para variar da pilha de roupas, da pilha de pratos. O pai nem precisou falar. Estava despedida.

A mesa seguia só dos quatro. Quando vinha mais gente, sentavam no sofá, copos pelo chão, já não era tempo de jogos de mesa. Casa em festa, ficavam de pé lá fora, perto da churrasqueira manca, espremidos entre o barulho e a fumaça, quase um jardim. Namoradas, levavam para o quarto, o outro irmão que esperasse os suores secarem.

Só Anton, invocando uma suposta urgência que os filhos mais velhos têm, apoiou umas tantas meninas na mesa e transou ali mesmo. Mas não foram muitas, porque nem o senso de impunidade dos primogênitos pode ignorar o que é certo: a mesa era só dos quatro.

Quando Ivan foi embora seguindo um Norte distante, Anton tomou rumo mais modesto, umas oito casas adiante na mesma rua, vizinho do pai, ainda que pouco o visitasse. Boris ventou para o Leste, de tanto ouvir nos livros, sempre sonhara um certo Oriente. Vladímir, com seu pendor de filho caçula para consertar tudo que quebra — o amor que tu me tinhas, o anel que tu me deste — inventou um Sul brasileiro à procura de Rosa. No mesmo ano, foram embora os quatro. Entre irmãos existe uma espécie de "efeito dominó"; vai um, vão todos.

Quando teve o derrame, estava sozinho. Demorou para ser socorrido. Se tivesse sido encontrado antes, talvez as sequelas fossem menores.

A lágrima e a baba escorriam reflexas, o pai não se sentia triste. Não podia ler, mas tinha os livros na cabeça. Não conseguia falar, mas nunca precisou, nem quis.

* * *

Que lugar é esse Essa luz fria é horrível
Os meninos vieram deve ser grave

Saudades deles pequenos
Os meninos Que bagunça
Quanto jogo quanto caderno
Como gostavam de ouvir histórias
Quietinhos Prestavam a maior atenção
Brigavam tão pouco
Qualquer baralho era diversão
Gargalhavam
Eram tão diferentes
Se davam tão bem

Estão mais velhos
Quem vai ficar com aquela mesa
A mesa dos quatro

Esses nomes russos Que ideia delirante
Lembro bem Foi no show de música francesa
A Rosa adorava
Serge Gainsbourg Dalida Brassens
Antes dos meninos como aproveitamos
quase toda noite saíamos
para dançar ouvir música
Lembro bem da Marie Laforêt
cantando entre as matrioskas do cenário
*Anton Ivan Boris et moi*
Rosa ria e rodava Como bebemos
A Rosa já meio alta cantava junto
no meu ouvido repetia desafinada
*Anton Ivan Boris et moi*
Adorei esses nomes
Se tivermos um menino você promete
E eu prometi fazer o quê
Na semana seguinte ela já estava grávida
Foi o Anton
Depois foram vindo
Os quatro

Que frio
Assim você vai derrubar a metade da sopa
Presta atenção sua velha bigoduda
Esse cheiro de talco me dá enjoo
Tira as luvas para pegar na colher
Falta de higiene
Nem parece enfermeira

Por que eles estão falando baixinho
Por que não se olham nos olhos
Qual o segredo

Que adianta cochichar e deixar as crianças berrarem
Não é certo trazer criança em hospital que ideia
Quatro meninos e só uma menininha
E as mulheres maquiadas demais
Desnecessário
Nessa luz branca Ficam monstruosas
Devem ser as mães das crianças
Coitadas

A gorda é a mulher do Ivan certeza
O jeito como se olham
Ivan sempre foi o mais carinhoso
A mais miúda é bonita deve ser bailarina
As outras duas parecem cansadas
A bonita deve ser mãe da menininha

Nos tempos da Rosa como quisemos ter uma menina
Teria se chamado Valentina Nome russo
Valentina Tereshkova a primeira mulher astronauta
Tinha 18 anos quando foi chamada pela KGB
Era segredo Não podia contar nem para a mãe
Moça valente Valentina
Mas Rosa foi embora antes
feito um foguete

Esses meninos pulando e chutando a cama
Ainda vão quebrar alguma coisa

A menina está me olhando
Como será que ela se chama
Vem cá
Toma coragem e belisca meu braço
Ri que bonitinha

Braço de gente velha fica a marca do beliscão
Que engraçado né
Ninguém nem repara
Fica sendo nosso segredo meu anjo

Se pudesse piscava pra você
Se conseguisse
Te ensinava beijo de borboleta
De esquimó
Você se parece com a Rosa
os olhos exagerados
Um verde profundo
Um mergulho
só

Sabemos que a repetição é para a criança a alma do jogo; que nada a torna tão feliz quanto o "outra vez".

> Walter Benjamin

# 5
# BOUGAINVILLES

A de Alice

De cinco em cinco. Como a contagem dos dias nas paredes dos cativeiros. Quatro traços paralelos e um cruzando, como quem diz: esses já foram, que venham os próximos.

Alice passava horas contando, de cinco em cinco — as jujubas do mesmo sabor, quadrados brancos no piso xadrez, as flores do jardim, os dias no mês, as palavras na cabeça.

Cinco é o que cabe na mão, um punhado. Ela agitava as mãozinhas toda vez que completava um quinteto, festejando, palmas.

O corpo dela era pequeno, mas tinha compasso. A respiração, os passos, os olhos piscando, as pernas nervosas penduradas na cadeira alta, a boca imitando sirenes, o maxilar dando conta do bife, a cabeça fazendo que sim, depois que não. Assim, bombardeada por dentro e por fora, era difícil dormir ou mesmo se concentrar em outra coisa que não fosse aquilo; o incessante fluxo de cincos incidindo sobre ela. Vinham de dentro como ritmos do corpo, vinham de fora como a música do mundo.

O que Alice não podia era parar, interromper a contagem, perder a conta. Ia ficando mais e mais agitada conforme os números se acumulavam. O corpo começava a dar sinais de cansaço, a respiração falhava, a mastigação engasgava, os olhos se demoravam mais fechados que abertos. Então o corpo todo passava a vibrar sem cadência certa, desorientado, as mãozinhas acabavam arranhando até sangrar os carocinhos que ela tinha no rosto. Por fim, tudo escurecia, acabado.

Quando a pequena recobrava os sentidos, a contagem estava zerada, só restava recomeçar.

A de Ana

De cinco em cinco. Como os antigos ao agruparem as vacas para facilitar a contagem do rebanho. Essas já foram, que venham as próximas.

Foram cinco anos de namoro, tempo para que um conhecesse os amigos do outro, para fazerem juntos novos amigos, para desfazerem separados velhos amigos, para desfazerem juntos amigos novos.

Eram muito diferentes. Ana adorava carnaval, Caio tinha horror de aglomerações. Ele ficava no sítio, ela ia para Salvador, Olinda ou Ouro Preto. Ana era boa aluna, se formou logo, mas queria mesmo trabalhar, mudar o mundo. Caio não parava de estudar coisas novas, fez três graduações, não queria se precipitar vida afora. Ela fazia as coisas antes de saber bem como, ele lia até ter certeza e depois deixava de fazer.

Tinham muito em comum. Caio e Ana eram sócios do mesmo clube, frequentavam a mesma sauna, em dias alternados — homem e mulher. Os dois torciam para times rivais, de coração. Gostavam de gente mais velha, tinham paciência para ouvir. Gostavam muito de crianças, tinham paciência para imaginar. Gostavam de dormir com a cama no meio do quarto, sem encostar em nenhuma parede.

Como suas diferenças não chegavam a abismos, tinham acordo suficiente para fazerem planos de futuro juntos.

Ana levou tempo para deixar de querer ser filha e passar a querer ser mulher. Mulher, dona da própria vida; que nem liga para a mãe todos os dias, que controla o próprio saldo bancário, marca médico, conhece seu corpo, segue sua cabeça, não se desespera com o tamanho do seu desejo.

Depois que casaram, Ana demorou gostando de ser mulher. Começou a cozinhar com receitas de internet. E aprendeu. Deu de tudo quanto foi jeito, chupou engolindo e cuspindo. E gozou. Perdeu as datas de família porque se esqueceu. E gostou. Cinco anos passaram depressa, num suspiro. Bodas de madeira, viriam os próximos.

Ana começou a querer ser mãe, mais que mulher, mais que filha. Nasceu Alice. Eles foram serenos no preparo daquela menina, tudo em paz, falando baixo, esperando o passarinho quebrar o ovo. Alice chegou sem escândalo. Nasceu, já com os olhos abertos, uma boneca. Se existe felicidade completa, tem cheiro de leite. Deve ser a Alice mamando, arrotando, fazendo uns barulhos engraçados.

Não devia ter seis meses quando começou com uns tremeliques estranhos: abria os bracinhos, revirava os olhos e, por alguns segundos, não estava mais ali. Foi crescendo com essas ausências, uma menina-zumbi. Ficava distante, piscava e se debatia, como se obedecesse a um ritmo que ninguém mais escutava.

Não sabiam, simplesmente não sabiam o que a menina tinha. Médico, vidente, centro espírita. Fecharam questão em uma síndrome muito rara, síndrome de Bourneville. Iam se formando pequenos tumores no cérebro e na pele, como flores em botão. A menina entendia cada vez menos. Talvez não consiga andar, mas andou. Talvez não consiga falar, mas falou. Talvez ela viva muito pouco, mas já está com cinco anos. Ana chorava todos os dias. Se existe tristeza plena, tem gosto de Rivotril. Deve ser Alice engolindo os remédios junto com o mamão amassado, para espaçar mais as convulsões.

A DE APARECIDA

Ana tinha sido uma criança fácil, alegre. Cida não se lembra de um gesso, um ponto, uma injeção de Benzetacil. Comia de tudo. Penteava os próprios cabelos. Sempre estudou sozinha. Aos dezoito anos nem pensou em não fazer faculdade. Sempre quis ser independente. Só casou depois de se formar, e faz questão de trabalhar até hoje, mesmo com a filhinha doente. Ao contrário do irmão, André, uma criança infernal, que subia em tudo e se quebrava inteiro, que tinha nojo se o arroz encostasse no feijão, que nunca completou os estudos, e, egoísta, pediu dinheiro ao pai para abrir uma retífica, isso, depois de já ter engravidado duas namoradas. Ana, ao contrário, era razoável, enxergava os outros. Tinha paciência com a avó já surda. Era amorosa. Não pedia nada para os pais. Fazia uns bicos como baby-sitter para juntar o dinheiro das suas viagens de carnaval. Pena que começou a namorar tão cedo, nem teve tempo de aproveitar a juventude.

Logo que se casou, Ana mudou de repente; ficou bocuda e irritada com a mãe, só queria saber do marido, de viajar com ele e dormir com ele. Nos primeiros anos, Ana e Caio se isolaram do mundo; em seguida, Ana engravidou. Chegou Alice, um encanto. Dava para perceber que tinha algo errado com a menina pela forma como mamava, engolia mais ar do que leite, engasgava antes de arrotar, em seguida, vomitava. Os olhinhos revirados, sempre alheios. Mas "ai da Cida!" se falasse alguma coisa. Ela se segurava. Quando Alice teve as primeiras crises, Ana e Caio, assustados, corriam pra lá e pra cá. Mas Cida não ficou nada surpresa, entendia muito bem os bebês.

Ana não deixava Cida chegar nem perto de Alice. Não tinha confiança. Ana era muito desesperada. Não entendia que a menina tinha o mundo dela, só isso. Os movimentos eram repetitivos, mas coordenados. Cida reparava na respiração, no piscar dos olhos, nas mãozinhas agitadas e nas pernas balançando marcando o ritmo, compassos de cinco tempos: 1, 2, 3, 4, 5 e 1... A menina ouvia uma melodia dentro da cabeça, será que era tão difícil entender isso? Alice tinha alma de artista, ouvido musical, adorava Roberto Carlos. Correram todos os médicos de que ouviram falar, Cida ia junto para acompanhar, mas não tinha direito a opinião. Finalmente concluíram um diagnóstico que Cida só ouviu de segunda mão: síndrome de Bougainville. Foi então que Cida entendeu os botões no rostinho da neta; uma menina especial cheia de primaveras cor de maravilha, a trepadeira que dava nome a sua síndrome, florindo em sua pele, um jardim.

Cida já ia cansada de entender a neta e não mais entender a filha. De ter tanto carinho para dar a Alice e ser mantida tão longe dela. De não poder alcançá-la para o cafuné de avó. Ficava frustrada de ouvir música, ali onde a filha ouvia barulho. Triste, de ver flores, onde a filha via tumores. Pena que as mulheres só aprendam a ser filhas quando viram mães. Pena que só aprendam a ser mães quando se tornam avós. Pena, que só se sintam mulheres plenas no hiato entre serem filhas e serem mães.

Cida já tinha cinco netos, marcados por nós apertados em seu coração. Nós cegos, como aqueles que os pescadores fazem na corda para contar os peixes pescados. Os cinco primeiros netos já foram. Agora, torcia tanto para que a deixassem em paz.

Aquela viagem para um balneário uruguaio. As amigas da faculdade de enfermagem — que ela não chegou a terminar. A bebedeira épica — que ela nunca cometeu. Que saudades tinha Cida de quando era mulher.

Se houvesse ali ao menos um pequeno furo de prego por onde pudesse entrar e sumir.

Lygia Fagundes Telles

# 6
# PARAFUSO A MAIS

Ainda no jardim de infância ou, mais precisamente, ainda no Instituto Galileu Galilei — a única escola montessoriana de Piriápolis, Daniel engoliu um parafuso. As razões que arrumou para isso, do alto de seus poucos anos de idade, foram:

1. Poderia enfim viajar pelo mundo atraído por campos magnéticos;
2. Estava merecendo o choque dolorido do metal nos dentes, castigo pela experiência que tinha feito com cola, açúcar e café na cozinha de dona Dolores, sua mãe;
3. Poderia ficar de cama gemendo toda vez que o parafuso saísse do lugar;
4. Miguel, um ano e três meses mais velho, provocou "Duvi-de-o-dó que você coma!";
5. Seria um menino biônico, de seis milhões de dólares, como na TV;
6. Tinha gente com um parafuso a menos, ele teria um parafuso a mais.

Três goles de leite aromatizado Ultra Milk e o parafuso desceu aos trancos pelo esôfago, até perfurar o estômago. Milagrosamente, tudo aconteceu com jeito. Daniel podia ter morrido. Mas não. Houve sangue e susto, mas os caprichos incompreensíveis da anatomia acabaram neutralizando aquele elemento estrangeiro. O parafuso caiu na circulação sanguínea e se alojou, sem violência, na parede do átrio esquerdo, no coração do menino.

Os médicos pensaram em operar, mas não seria trivial. O parafuso encravado no endotélio, entre as fibras de colágeno, estava encapsulado, inerte. Fossem cutucar, era capaz de romper uma artéria. Concluíram que era melhor deixar quieto.

A vida seguia seu curso. O parafuso incomodava menos que a timidez, menos que o astigmatismo, menos que a incompetência para os desafios marítimos de uma cidade litorânea. Daniel não tinha propriamente o status de um veterano de guerra — direito a furar fila ou lugar prioritário no transporte público. Mas aqueles que sabiam da sua condição o tratavam como um menino doente: café com leite no futebol, escanteado pelas crianças, agasalhado pelos adultos, paparicado pelos velhinhos. Com ele, as pessoas sempre falavam baixo como se estivessem num velório ou quarto de hospital. Os professores davam atenção especial, chegavam pertinho e repetiam, articulando em câmera lenta as explicações. A cada tratamento idiotizante que recebia, Daniel ficava mais cínico e estranho.

Ele, que nunca tinha respeitado muito as plantas e os animais, começou a tratá-los com real sadismo: arrancava partes, colocava fogo, cortava os vasos para ver seiva e sangue jorrarem. Já era esquisito antes do parafuso, mas depois, parecia não fazer mais diferença entre o bem e o mal.

Havia situações que ele procurava evitar, por causa do parafuso. As principais eram:

1. Lojas de departamento, sua passagem disparava o alarme na saída;

2. Aeroportos, passar pelo raio X exigia explicações infinitas;

3. As portas dos bancos, que sempre detectam excesso de metais;

4. Esportes radicais e acrobacias, o parafuso podia sair do lugar;

5. Mudanças bruscas de temperatura, a dilatação e contração do metal eram insuportáveis;

6. Paixões, se o coração acelerasse, a dor aparecia.

Seu mundo tinha que ser controlado em cada detalhe. Ele sempre foi muito metódico. Funcionava listando prós e contras, repertoriando meia dúzia de razões para tudo. Mas quando pequeno, antes do parafuso, ainda que obsessivo, parecia mais doce. Pelo menos, era o que a mãe achava. Ela o observava cheia de ternura e via uma inspiração não terrena na calma do menino. Depois que engoliu o parafuso e foi salvo, Dolores teve certeza de um milagre. Achou Daniel um eleito, predestinado, capaz de suportar a dor como os mártires. No entanto, Dolores se enganava: pois só dor, calma e obstinação não fazem um santo, é preciso bondade e fé — coisas que Daniel não tinha. No fundo, ela sabia. A verdade é que mesmo pequeno, ele nunca foi bom e nunca teve fé. Gostava de matar com dor, os bichos. Preferia que a agonia fosse lenta. Acreditava na morte. Ficava extasiado. Com o tempo a situação se agravou, tornou-se automático, o coração frio. Muitos achavam que era efeito do parafuso.

Cada vez mais compulsivo, chegou a procurar algum tipo de crença. Frequentou seitas e organizações. Se tornou presença constante numa loja da maçonaria simbólica, uma vertente bastante seleta e secreta do movimento, mas não foi além do grau de aprendiz. Pois, se seguir regras era o seu forte, tinha muita dificuldade com ideais fraternos de respeito ao próximo. Não gostava do ser humano em geral, nem das pessoas em particular. Pouco empático, preferia ver nos outros a dor: uma narrativa controlada. Primeiro a rigidez dos músculos da face, depois os membros crispados, alguns gemidos, o clímax insuportável marcado com um grito e, por fim, um relaxamento absoluto entre desabafo e desistência. Não era muito diferente do sexo, que ele também gostava violento.

Foi se interessando pelas muitas maneiras de limitar a liberdade de alguém. Em pouco tempo, Daniel tornou-se aficcionado por esse assunto. Passava horas na biblioteca, revisando práticas medievais de tortura, sadomasoquismo, técnicas modernas de controle da mente. Tudo na teoria. Mas Daniel queria passar ao ato, não com sapos e passarinhos, mas com gente de carne e osso.

Em paralelo, Daniel também era viciado em jogo. O teatro simulado do blefe o divertia. No cassino de Piriápolis conheceu pessoas que se assemelhavam a ele. Talvez o entendessem. José López Rega, o delegado-chefe da polícia federal argentina foi o principal. Um homem tosco, sempre manchado de suor e sebo, extremamente calculado e preciso na mesa de jogo. Daniel o admirava, acreditava que seu modo de jogar era uma forma sutil de elegância, uma assepsia estudada semelhante à dos cirurgiões. Se aproximou de José, não atrás de um amigo, mas da fonte daquele autocontrole. Não demorou: José López era um dos idealizadores da Triple A, a Alianza Anticomunista Argentina. Para além de seu hálito repulsivo, de seu cabelo repartido em tiras gordurosas de bacon, o homem era um verdadeiro manual de tortura. Com ele, Daniel aprendeu na prática as formas mais úteis de coerção:

1. Confinamento em caixas, gaiolas, caixões;
2. Contenção com cordas, algemas, correntes;
3. Afogamento não fatal;
4. Esfolamento;
5. Luz ofuscante nos olhos;
6. Privação de sono.

Daniel era paciente e atento. Levava suas vítimas à plenitude da dor física, ao limite de sua sanidade mental. Arrancava confissões sangradas, vomitadas, como excrementos humanos.

Foram anos de serviços solicitados no Chile, Brasil, Argentina. Condecorações. Seminários em academias militares. Daniel tinha sucesso e realização, felicidade era outra história.

Quando as ditaduras rarearam na América Latina, os esquadrões da morte perderam a função, aposentando compulsoriamente os melhores torturadores. Daniel, que não sabia fazer outra coisa, cogitou se tornar cirurgião, açougueiro, legista, treinador de ginastas olímpicos e outros sadismos profissionais. Mas sua vocação era outra e já tinha sido encontrada.

Pensou que, se fossem os tempos da Guerra Fria, poderia aprender a falar inglês, ser agente da CIA, buscar inspiração nos manuais do MKULTRA, testar o uso de drogas psicodélicas e de cobaias humanas. Mas esse tipo de prática só sobreviveu, cambaleante, nos filmes de espionagem.

Pesquisou a fundo. Havia, em Paris, uma organização que se ajustou à nova ordem mundial. Eles souberam trocar de inimigo; antes os comunistas, agora os terroristas. Souberam também rever estratégias; os interrogatórios abusivos de outros tempos deram lugar a campanhas de assassinato em massa. Daniel decidiu partir, deixando para trás dona Dolores, José López e as mesas de jogo.

Passou meses frequentando o quartel-general da Mão Vermelha, a tal organização. Era um imóvel inofensivo na rue Amélie. Sétimo distrito, a 253 passos da Torre Eiffel. Ouvia atento o que se falava sobre as dinâmicas de grupo e técnicas de manipulação. Mas não via sentido naquilo. Daniel se perdia nas voltas de seu parafuso esquecido no peito. Controle da mente, exército de zumbis, sugestão, hipnose; não gostava dessas bobagens, faltava a crueza da carne.

A teoria nunca comoveu Daniel. Nem ações genéricas. Seu prazer estava na dor de cada um, era específico. Não lhe interessavam grandes guerras, mas as pequenas batalhas.

Ele saía esgotado das reuniões da Mão Vermelha. Não tinha amigos, não pertencia a clubes, não gostava de conversa. Tinha saudades das peles ariscas de suas vítimas torturadas, o pavor do corpo tremendo, gemendo no frio escuro, o cheiro do cansaço azedo. Um dia, no caminho de casa, reconheceu o cheiro extenuado nas moças pegajosas que o abordaram. Eram oferecidas, físicas, reais. Daniel quis experimentar aquele contato entre os corpos com hora marcada, profissional. Começou a gostar de putas. Logo, passou a precisar delas compulsivamente, todos os dias. Estava em Paris. Havia putas de todos os jeitos. Acrobáticas, com paetês e perucas, nem sempre mulheres. Esquálidas, doentes, com a bunda cavada no encontro com as pernas. As velhas e flácidas, de peitos escorridos pela lei da gravidade. As muito jovens, com os peitos prontos pro ataque. Putas parafusadas em postes. Gostava, era só pedir da cintura pra baixo, que o parafuso não atrapalhava. Foi experimentando de tudo, todas. Até que entendeu preferir as putas experientes, jeitosas, as não tão jovens. Afinal, depois do parafuso, Daniel havia se acostumado a ser bem tratado pelos mais velhos.

As putas velhas conheciam os limites do corpo tão bem quanto ele, sabiam disparar os gatilhos muito próximos do prazer e da dor. Daniel gostou de ser amarrado e humilhado, esfolado e batido. Daniel aprendeu a sofrer, extasiado. Foi trocando a crueldade de mãos vermelhas criminosas pela perícia de mãos punheteiras e hábeis no manuseio de cordas, algemas e chicotes. Descobriu a noite, os neons e outras faltas de luz que dissimulam os detalhes do corpo imperfeito, do suor e do sangue já secos nos lençóis mastigados.

Aos poucos, foi afrouxando o parafuso no coração. Deixou de precisar as razões em listas e de precisar delas, na vida. Quando tinha muita vontade de procurar seis motivos como protocolo, seguia o novo ritual que havia desenvolvido. Olhava pela janela a pouca vista de seu apartamento acuado na rue Saint-Denis. Descia os seis andares de escada, porque o prédio não tinha elevador. Andava duzentos metros, entrava no café da esquina, embebido em nicotina. Ali, caprichava no hálito de anis, engolindo seco o Ricard com gelo e água. Comprava meia dúzia de rosas murchas, sobradas na floricultura prestes a fechar. Voltava, subindo os lances de escada com um pouco de dor no peito. Dor de parafuso. Então, batia na porta de Adelaide, sua vizinha. Sua puta rouca e sádica. Sua puta velha, má, com um parafuso a menos. Enquanto olhava o teto pontilhado de infiltrações, submetido às regras de Adelaide e entregue aos seus caprichos, ele encontrava sua única razão: a própria dor.

Existe um ponto no qual a cidade mostra as suas verdadeiras proporções, o esquema geométrico implícito nos mínimos detalhes.

Italo Calvino

# 7
# BORBOLETINHA

"A borboleta vive uma semana, já uma sequoia, vive três mil anos." Mamadou só conseguia pensar naquela afirmação derramada pela professora sem nenhuma ênfase. Ela mencionou esta estrondosa injustiça da natureza, nem suspirou e continuou a falar da polinização pelos insetos — um mero zum-zum através dos canteiros, um leva e traz alado, quase uma fofoca — como se fosse o mais importante.

### Segunda-feira

Dia encardido. Mamadou só tem tempo de escovar os dentes direito; as remelas, tira com os dedos, sem muito detalhe. Para ir à escola basta atravessar a rua correndo. Os pais já saíram para o trabalho, é só bater a porta. Comerá na cantina mais tarde, segunda é dia de macarrão e gelatina. Segunda é dia de música e matemática. Um dia bom. Sem palavras escritas e leituras.

Mamadou não lê nem escreve. Seu pai também não, sua mãe, muito menos. Vieram do Mali sem letras. O que têm a dizer, dizem. Há dez anos em Paris, nunca precisaram de papel para dar vida aos pensamentos. A professora se incomoda, "um menino tão inteligente, por que não aprende?". Porque não quer, suas ideias são fortes, se firmam sem contrato.

A poucos metros dali, no Square Violet, uma borboleta laranja e preta sai do casulo, hesitante. Praças cercadas são uma tradição inglesa. Por isso, mesmo na França são chamadas de "square", apesar de raramente serem quadradas.

Na horinha em que a borboleta nasce, toca o alarme da caserna de bombeiros que dá fundos para a praça emoldurada: pode ser um incêndio, pode ser um ensaio. Na prática, um enxame de caminhões vermelhos alardeia, com sirenes aos gritos, o fim das aulas: pode ser um sinal, ou só uma coincidência.

Os restaurantes estão fechados, o cabeleireiro italiano e as manicures tailandesas, também. Segunda-feira. Só o mercadinho abre, todos os dias e horas, Omar e Zayn se revezam para olhar o futebol no cômodo de trás de vez em quando, mas tem sempre alguém no caixa.

Na agência de turismo é dia de mudar a vitrine temática, evocativa de destinos exóticos. Essa semana: matrioskas e um samovar prateado, um exemplar de *Anna Kariênina* no idioma original e uma maquete escolar do Kremlin, pronto, faz-se a Rússia. Pierre talvez seja o único parisiense, nascido e criado, desse quarteirão. Se sente bem entre tantos estrangeiros, é dono da agência de turismo.

Terça-feira

O sol vai firmando com o dia. A borboleta prefere flores amarelas, as maiores, descobriu metendo sua tromba em tudo que viu pela frente, desde ontem. O square tem sua graça, bem ecumênico: velhos jogam petanca ao lado de carrinhos de bebês, o pingue-pongue congrega gente de religiões irrelevantes para o jogo; crianças pretas, brancas e amarelas passam em fila feito formigas atravessando a praça, vêm da escola a caminho da piscina.

Terça-feira é dia de natação. Mamadou adora. As duas brasileirinhas que chegaram para o semestre não, detestam, acham que está frio para nadar, que a piscina tem cloro demais. São irmãs, idades muito próximas, por isso estão na mesma classe de adaptação, só até aprenderem francês. Já sabem escrever.

O salão vazio, nem uma mosca. Ninguém arruma o cabelo às dez horas da manhã de uma terça-feira. Já as manicures tailandesas, ao lado, têm uma fila de gente esperando na porta. Talvez seja a novidade, há coisa de um ano esse tipo de lugar, especializado em unhas, nem existia. A máquina de secar as mãos recém-pintadas, a profusão "pantone" de cores dos esmaltes e as cadeiras massageadoras conspiram para uma aura de eficiência. As moças são muito risonhas e praticam uma língua própria, quase inaudível, jamais levantam os olhos. Tipisuda chegou de Bangkok convicta do que fazer com seu dinheiro, sabia que o mais importante era corresponder às expectativas das clientes sobre um Oriente inventado. Encarnar todos os estereótipos: a eficácia dos japoneses, a determinação dos chineses, a serenidade dos indianos, a astúcia dos vietnamitas, o misticismo cambojano, a feminilidade das tailandesas. Uma Ásia fabulada, mas muito mais convincente que as imprecisões de qualquer realidade.

Quarta-feira

Não tem aula. Um dia de descanso durante a semana. A ideia é que as mães e os pais se organizem para passar, em pleno dia útil, algum tempo inútil com seus filhos ávidos de carinho e atenção. Na prática, nada disso acontece, pelo menos não com Mamadou.

A borboleta não engordou, que borboleta não engorda. Talvez cresça. Porque que come, come.

O restaurante chama-se Mare Monte, mas é cipriota. E muito honesto. Um casal que trabalha unido, ele na cozinha, ela no salão espelhado com falsas videiras. Não são muitos os pratos e são os mesmos que a mãe dele preparava com o mar mais perto. Isso, antes de tudo que os trouxe até aqui: muito mar, muito monte. Ficaram as receitas, de cabeça. Ela não, não teve mãe boa, dessas que traduzem afeto em comida e vice-versa. Ela confunde estragão com cebolinha, e mágoa com arrependimento. Não teve mãe e não tem filhos. Mas tem um belo sorriso, é bonita em sua gordura, em sua fartura, em sua candura. Uma forma de generosidade muito atenta, que os clientes gostam. Ele sempre diz que o mais importante no restaurante é o acolhimento: as pessoas vão jantar fora porque querem um colo e um tempero, inofensivos. Sem arroubos, eles dois esbanjam constância. Você sabe o que vai comer, onde vai sentar e pendurar o seu casaco. Por isso está sempre cheio, o restaurante, cheio das mesmas pessoas.

Quinta-feira

Omar e Zayn estão discutindo por causa do arroz iraniano e do lokum turco. Zayn foi sozinho ao mercado atacadista e não achou nada que viesse do Marrocos; nem arroz, nem lokum, nem castanhas, nem saudades. Omar não gostou, chama o irmão de incompetente; desconfiado, acha que ele nem procurou direito. Acha que Zayn é um ingrato, já se esqueceu da sua terra, nem sente a diferença, ou se importa com a tristeza de não estar. Mas Zayn pensa diferente: "As pessoas gostam de arroz iraniano, é o melhor. Do Irã, só o arroz vale a pena. Quanto ao lokum, o importante é o cheiro das rosas e os pistaches incidentais, e isso é igual em Istambul e Marrakesh. Por que tanta história? O mundo é um só e todo alimento é sagrado". Além disso, ele está com pressa, hoje vai levar a moça que toma conta das brasileirinhas para comer um cuscuz marroquino, autêntico.

A borboleta sai do square e escolta Mamadou por alguns metros, mas ele já não lembra que borboletas têm uma semana de vida, mal repara. O coração pesado e alheio, viu o corte na pálpebra da mãe hoje quando saiu para a escola, ontem ouviu os gritos, o empurrão, a pancada, o pai batendo a porta. Deve ter ido embora de vez.

Ninguém no cabeleireiro. Vão acabar tendo que fechar.

### Sexta-feira

Um lindo sol, de outono; tímido, mas sol. A borboleta já voltou para o square. Não achou flor fora da praça. Não nessa época do ano, no raio de ação das manicures que dilapidam os canteiros para decorar o salão. Flores, poucas, só dentro da praça cercada onde brincam os velhos e os bebês. Na praça quadrada, de tempo circular, uma hora o fim encontra o começo.

As brasileirinhas, felizes com o sol, saíram da escola correndo porque vão ao AquaBoulevard, de metrô. Não gostam da piscina, mas no AquaBoulevard é diferente, são muitas piscinas; tubos, conexões, tobogãs, e isso muda tudo. Também gostam de andar de metrô e que seja o pai a levá-las. Aqui ele tem tempo, trabalha bem menos, parece que só estuda, escreve, escreve, algo que não é um livro. Na verdade, parece que nem trabalha. Aqui, ele até ajuda com a lição de sistema respiratório. Com a mãe é o contrário; aqui ela trabalha bem mais, fica horas no microscópio de fluorescência, na lupa, no biotério; lugares cercados do mundo, onde sobram só ela e o silêncio daquilo que está tentando entender. A mãe trabalha até no fim de semana. De qualquer forma, mesmo quando tinha mais tempo, ela nunca teve paciência para ajudar na lição de casa. Aqui, todos parecem mais felizes. Ficam garantidas as quantidades de silêncio, movimento e luz de que cada um precisa. Esse fim de semana vai ser especial, a mãe nem vai ao laboratório, porque tem a festa da menor: vinte crianças da escola, no domingo. Mãe e pai têm ficado a semana inteira até tarde no quarto, depois que as meninas dormem, preparando as pistas da caça ao tesouro — uma enorme pinhata de pirata cheia de balas de goma e outros doces impossíveis de pronunciar. Pensam também no bolo. Amanhã a mãe encomenda na rue du Commerce: um baú feito de pão de ló e caramelo, derramando moedas de ouro. Se existirem moedas de chocolate na França.

Sábado

O menino não deve ter cinco anos, os olhos espertos fascinados pelo voo das borboletas. Só pousam quando elas pousam e grudam uma na outra. Os olhos não desgrudam. Aí, ele se aproxima de respiração presa, querendo tocar as asinhas fechadas, os corpos juntos, apertados. A mãe ralha, mais assustada do que brava: "as asas têm um pozinho que pode cegar". O menino solta o ar preso dentro dele, porque precisa respirar. Vê que saem ovinhos esverdeados de dentro de uma delas, a mais bonita, talvez seja cocô. Da boquinha aberta, lábios molhados de expectativa, o que sai é um suspiro cansado de não poder brincar. Olha para o sol, por desencargo, sabe que em segundos a mãe vai tapar seus olhos com nervosismo: "o sol também não, pode cegar!". O mundo fica bem perigoso aos sábados, nos parques e praças, entre borboletas com surpresas dentro como os kinder ovos. Na escola é tudo mais previsível: o lápis escreve, a tesoura corta, a borracha apaga e nada ameaça cegar.

Hoje tem uma senhora no salão do italiano. Ela atravessou Paris porque teve uma recomendação. A amiga, de cabelos igualmente ralos e opacos, adorou Giacomo, ele lhe tirou uns dez anos. Giacomo parece trabalhar com cálculo, observa a cliente por todos os ângulos, demorando, é visagista, um talento natural. Funciona assim: ele olha, olha, até ter uma visão daquela mesma pessoa, só que outra, com um halo de luz ao redor do rosto, como uma santa. Não é sempre que acontece. Quando não acontece, ele improvisa com a mesma cara de médium, olhos sérios semicerrados e poucas palavras, com muito sotaque.

A profissão de cabeleireiro não é fácil. Porque as pessoas entram no salão cansadas de si mesmas. Vão cortar o cabelo porque querem mudar de vida. Ele entende de muita coisa; simetria, formas harmônicas, a proporção áurea — é muito estudado. Se formou em artes plásticas para ser escultor, ou restaurador, ou pintor. Qualquer coisa que comprimisse a sua confusão interior tanto, mas tanto, que ela saísse como um gesto mínimo e preciso. Como se o caos passado através de um funil se transformasse em ordem. O manuseio de tesouras resultava parecido, Giacomo estava em paz com isso. Mas suas mãos querem outra vida. Mãos ficam perigosas quando em desacordo com o resto do corpo. Ele sempre tenta argumentar com elas, diz que vê beleza em revelar o melhor de cada rosto, em deixar as pessoas felizes. As mãos têm outra visão, nostalgia do barro e da tinta a óleo, veem shampoos e tonificantes como um prêmio de consolação. Mãos em desalinho não acatam, discordam de antemão, querem confusão. Assim que, mais que cabeleireiro, Giacomo foi se tornando um domador de mãos. Sua vida, essa sucessão de gestos arriscados.

A senhora sai de lá feliz, toda "merci monsieur", com uma reminiscência de lilás nos cabelos e a promessa de mais alegria na vida.

### Domingo

Tipisuda e as outras meninas vão lá no mercadinho asiático da rue Sainte-Anne comprar balas de limão e salgadinhos de pacote. Os verdadeiros, com gosto de casa. Depois fazem um piquenique na praça perto da loja. Tão bonita, cheia de flores. Precisam aproveitar enquanto não vem o frio do inverno desfazer o verde dos canteiros. Sentadas com as costas eretas, pela primeira vez na semana, mudam até a impostação das risadas. Uma alegria inchada de sentidos. O cheiro de glutamato escapa das embalagens de papel laminado rasgadas — audível, visível, palatável, tangível, real.

Mamadou quer muito ir na festa da brasileirinha menor. Tira as remelas com afinco, coloca a camisa de botões e espera a mãe, que deve ter ido comprar o presente antes dele acordar. Está quase saindo do chão de inquietude quando ouve o barulho da chave brigando com a fechadura. Precisa mais jeito que força. A mãe entra, na mão um peixe embrulhado, algumas batatas e uma cebola. Não comprou o presente. "Você não me avisou, eu sei o que ouço, agora está tudo fechado." Mamadou sabe o que fala, ele avisou que precisava de um presente de menina. Podem ir ao mercadinho dos irmãos marroquinos e comprar alguma coisa, está sempre aberto. Os pais também foram convidados, sabia? Vamos, mãe. "Cada casa tem seu mundo. Estou cansada e preciso fazer o almoço, me ajuda a descascar as batatas, porque seu pai vai voltar hoje."

Para a vitrine de amanhã, Pierre pediu uma toalha de mesa da ilha da Madeira e uns brincos da melhor filigrana de Viana do Castelo para dona Teresa, a zeladora portuguesa do prédio. Separou o mapa de Lisboa e imprimiu a foto do Saramago. Depois, ele acha os livros do Fernando Pessoa que os vizinhos brasileiros emprestaram, curioso adorarem o poeta lisboeta, sabem que a língua portuguesa é maior que Portugal. Pierre também sabe que as línguas viajam, embora tenha saído pouquíssimas vezes do seu quarteirão. Hoje está almoçando mais cedo porque às três da tarde tem um ingresso para *Madame Butterfly* na Ópera Bastilha. Não se importa de ir sozinho, pelo contrário. Acha que Puccini — e quase tudo, aliás — é melhor ouvir sozinho. Também é bom ler antes o resumo da ópera, porque na hora fica emocionado e não entende mais nada. O livreto começa assim: "Dizem que além dos mares, se uma borboleta cai nas mãos de um homem, ele a fura com uma agulha e espeta num painel". Repete essas palavras proféticas enquanto, na praça, a borboleta cumpre sua semana entre os vivos.

Mamadou se lembra da professora falando da vida breve das borboletas, para esquecer a festa. Sua mãe canta, para esquecer o pai que não voltou. Melodias parecem corrigir um pouco as injustiças, pelo menos no presente do pensamento. Mamadou se aquieta, decide que nada é tão triste como parece: as borboletas, por exemplo, existem como música, ligando as pessoas apenas pelo tempo em que vibram ritmadas. Depois, silêncio.

Não me chame de pai, sou seu filho.

Roberto Bolaño

# 8
# A, À, AH

Melhor terminar o dever. Às oito seu pai vai passar. Não quer subir, não quer parar. Difícil estacionar, esse bairro da Estrela já foi mais tranquilo, muito turista, melhor descer, esperar em frente. Seu pai tem pressa de não estar. Melhor se aprontar, melhor não aprontar. E pronto. Às oito em ponto. Em frente.

Enfrentar, olha quem fala, ela que enfrente. Eu não. Ela, essa mulher, minha mãe. Ela que encare suas brigas com meu pai. Ela que pare de resmungar, "mimimi", Mamãe. Eu tenho lição. "A diferença entre artigo e pronome." É difícil, eu não sei. Às oito, pronto. Oito-Oito eu conheço: vilã do planeta Sotoragg. Ela é irmã da Seis-Seis, Sete-Sete e Dois-Dois. Tem laser e duas armas de fogo. Eu sei. Ela. Uma, a Oito-Oito, essa vilã, talvez esta vilã, não sei. Artigo, pronome. A janela. A vista. A matriz. A Maria. A louca. A Nossa Senhora. A Estrela. Artigo feminino, singular, definido. Minha mãe. Ela não. Um pronome do caso oblíquo. Queria tanto ver o presépio da matriz da Estrela, o maior de Portugal, o maior de toda Europa, de todo o mundo, de papier mâché, da Via Láctea estrelada. Nunca dá tempo. Meu pai. Pronome possessivo da pressa. O Príncipe Real, um bairro, indefinindo o artigo, um namorado, seu, dele. Do caso reto, um moço com jeito de mulher. Adjetivo, ou advérbio de modo. De modos bons. Ele me trata tão bem. Gosta de mim, gosta de eu? Será? Eu gosto dele. Gosto-lhe, o gosto, gos-o-to. Onde põe o pronome. Depende da partícula de atração. Do campo magnético. Pronome penetra. Bússola biruta. Às oito com pressa, ele mal vai parar.

Melhor continuar a lição. O que tem dentro da Terra? Essa eu sei. Magma, explosão e o inferno, um só. Por que — entre todos os planetas de todas as galáxias — existe um único inferno justo aqui na Terra? Isso eu não sei. Se o inferno é um, deveria ser "um inferno" e não "o inferno". Meu inferno esses artigos, pronomes. Meu pai dizia muito antes de ir embora "Vai para O inferno" ou "Essa casa é UM inferno" e minha mãe baixava os olhos, como se fosse ela o inferno e adiantasse chorar, baixo. A Terra é uma casca, crosta, ovo. Minha mãe não sabe fritar um ovo. Meu pai, na verdade o namorado do meu pai, sabe fazer "ovos Benedict". Café da manhã de hotel, parece férias, com vista. Minha mãe disse que o Príncipe Real é o bairro das bichas finas. Que seja, não tem problema nenhum, tem ovo quente, mesa posta, a janela para o jardim do Museu de História Natural, meu preferido. Meu museu, pronome do programa. Fim de semana. Artigo de luxo.

Arrumar a mala, viajar para o Rio de Janeiro, "de Janeiro", complemento nominal, nome do tempo, tempo do lugar. Mala grande. Toda a roupa. Porque terminar a lição, não sei. Terminar a mala ou a lição — as roupas amassadas, jogar dentro. Fazer sem entender, repetir sem saber, decorar. Objeto sem sujeito: indefinida a mala, indeterminada a lição.

Não quero ir para o Rio de Janeiro. Ainda é setembro, janeiro vai demorar. Agente da voz passiva: foi feita a mala por quem não fez a lição. Se eu não fosse, subjuntivo pensamento. Um flash. The Flash. Inglês. Yes I do. Queria ir para a Disney. E se eu levasse a lição. Para terminar no Rio, em janeiro? Mas é pra amanhã. Não adianta levar. Depois termino. O ano, o jogo, os amigos. Terei preterido o dever, futuro do pretérito. Quando lá for verão, aqui é inverno. Demonstrativos pronomes da distância entre as estações. São oito, oito em ponto. Fechar a janela, setembro chove. Minha barriga está roncando, é fome. No avião eu como.

Carne ou massa. Tanto faz, o mesmo cheiro. Ronca a barriga bem alto. Soluço baixo. Choro sentido. Como chamam mesmo os sentidos misturados? O namorado falou. É um nome com sim. Não lembro mais. O namorado. Ele sabe o nome das palavras. Ele sabe o gosto dos alimentos. Sinestesia, lembrei! Ele sabe as receitas. Não quero comer comida de avião. Alumínio babado de molho morno. O namorado vai pensar nisso, aposto que vai trazer chocolate. O calção! Esqueci, lá faz calor. O mar é gelado, cheio de ondas. Vou vomitar. É fome.

É o nervoso. Você comeu muita bala, muito chiclete, filho. Saliva demais. Estimula o ácido clorídrico.

Meu estômago tá doendo. Não dá para segurar. Os movimentos peristálticos mudam de direção. Gosto azedo. Já guardei a escova de dentes na mala.

Bochecha com sabonete líquido. Você está atrasado. Gargareja com álcool, com perfume.

Mas mãe, isso mata.

Seu pai não precisa saber o que eu falei.

Eu sei.

Fecha a mala. Deixa a lição. Não, leva a lição. Deixa o lápis comido. Foi isso. Comer lápis não é bom. Dá azia.

Azia pode ter alguma coisa a ver com Ásia. Não, a Ásia é outra coisa. Um lugar para a direita do mapa. No Oriente. No Leste. No meu mapa na parede. Para direita é Leste, esquerda é Oeste. Onde está o Rio de Janeiro. Devia levar o mapa dobrado. Assim me orientava melhor. O Rio de Janeiro é no Ocidente, no Oeste, "se ocidente", "se acidente". Não sei. Já fechei a mala. Paciência. Compro outro mapa, o mesmo mapa.

Vou estar aqui te esperando, filho. Eu sou sua mãe. Pode me ligar, se não souber a lição.

Mãe, você nunca ajuda. Não tem paciência. A lição. Que lição? Você grita. Mãe não grita! Me solta. Larga o meu cabelo. Para de apertar. Assim dói. Corta a circulação. Você é louca. Está machucando. De verdade. Desculpa, mãe não chora. Já são oito. A buzina. Está na hora. Eles tão esperando na rua. Eu descer. Eu crescer. Tenho que ir.

Meu Deus. Vai com Deus. Deus te proteja. Meu filho.

Tchau, mãe. Olha pra mim. Tá aqui. Não esquece. Seu remédio, de oito em oito horas.

Então não há nada que seja infinito?
Licença, crianças, vou ler gibi no meu quarto.

Pedro Rego

# 9
## QUARTO DE BAGUNÇA

Janela, janela mesmo, não pensaram em colocar. O Rio de Janeiro, ainda assim, continua lá presumido, no pequeno quarto do nono andar. Porta colocaram. Meio emperrada pela teimosia das dobradiças, estacionou entreaberta. Deixa passar apenas um fio de claridade e o cheiro de sabão de coco, alvejantes de cada manhã. Sem bater e sem gritar, o dia entra para acordar o quarto, silencioso e suficiente, como tudo ali. O terço de pau-rosa desembaraçado sobre a caixa de papelão — a um só tempo, criado-mudo e armário — descansa ao lado de uma revista de caça-palavras. Vivem vizinhos os dois objetos de rituais noturnos, mas mal se tocam. Se na reza as palavras buscam, no jogo são procuradas. Tudo depende da natureza do desassossego antes de dormir. A vela acesa permanece no espaldar da cama, sempre ali renovada a cada novena; esperançosa, louca para cair incendiária.

O dia segue, passa. Perto do almoço é o cheiro de bife acebolado que entra e impregna travesseiro e lençóis, nauseante como sexo carnal depois de consumado. Mesmo engorduradas as coisas não se incomodam umas com as outras — a lasca de espelho, um recorte de jornal, o mapa destrambelhado com duas Alemanhas e uma Rússia só —, vão teimando em decorar paredes descascadas. Sob a cama, a caixa encapada com folhas de revistas guarda as poucas fotografias de uma vida. Nada sobra, tudo é escolha justa. Entocados entre o estrado e o colchão, título de eleitor e bilhete de loteria são registros de um juízo perfeito.

Lurdes e seu juízo perfeito ignoram o vazamento da pia enquanto adiantam a louça do almoço de domingo. Na sala ao lado, já chegaram à sobremesa. Lavar louça é quase um repouso: o barulho da água arredondando as arestas do pensamento, um silêncio que se faz por dentro.

— Me deixa em paz, vim só pegar bolacha de maisena para comer com manteiga, estou com fome.

— Mas mãe, nós acabamos de almoçar, lembra?

— Eu não sou sua mãe. Sabia que hoje é meu aniversário? Queria um bolo de nozes com todas as velinhas.

— Mas mãe, não dá para colocar tanta vela. A senhora está um pouco cansada, só isso. Vamos voltar para a festa, vamos?

— Não quero voltar lá, tem muita gente me olhando, me mandando ficar sentada, de castigo.

— Mãe, estamos perturbando o serviço da Lurdes. Pelo amor de Deus, onde a senhora está indo?

— Não te interessa. Eu não fiz nada de errado. As crianças que correm em volta da mesa e eu que levo bronca. Não vou voltar lá!

— Estão todos esperando a senhora, a gente coloca uma vela só, bem grande, canta parabéns. Pode ficar de pé para assoprar, não precisa sentar. Vem.

— Você não manda em mim, já disse que não vou! A sala é muito escura, eu tenho medo.

— Mãe, por favor.

— Quero ficar sozinha, molhar a bolacha no café bem adoçado, assim fica molinha.
— A senhora parece criança.

(A senhora é criança, o bolo é de chocolate, não de nozes, as velas não dão conta dos anos, os netos são demônios, a cadeira é castigo, bolacha Maria é consolo, a sala é muito, muito escura. E Lurdes, sempre está.)

— Lurdes, deixa a louça, por favor. Vem brincar comigo.

Lurdes se deixa interromper. Enxuga bem as mãos, cada entrededo. Não quer molhar dona Margarida quando a conduzir ao seu quarto.

Dona Margarida adora o quartinho de trás. Acha que ali é sempre dia, mesmo sem janela. Muita coisa para passar o tempo, um pátio na hora do recreio. Países que só existem no mapa; espelho para retocar o batom inventando mais boca. Suspira, aperta os olhos, sorri. Parece ter esquecido a fome de bolachas amolecidas. Então, se senta na cama e tateia as laterais do colchão, procurando as pistas que a Lurdes esconde para ela. Um dia ainda encontra o tesouro. Respira, abre os olhos, ri. Fixa o criado-mudo improvisado, busca razões para rezar o terço de pau-rosa, repara na revista *Coquetel* com as cruzadinhas da frente ainda por fazer. O que prefere é brincar com as palavras. Acha a Lurdes danada, ela sabe todos os jogos: palavras-cruzadas, caça-palavras, forca, STOP. Isso, STOP!

Se houvesse janela, dona Margarida teria visto. Se já não estivesse tão surda, teria ouvido. Assim como eram as coisas, sente apenas o pouco do cheiro de borracha queimada que consegue subir os andares. Talvez uma parada brusca, talvez um atropelamento. Pouco importa para ela se alguém morreu, não pensa em interrupções. Mas o cheiro a distrai do STOP que acabara de pensar. Então, ela repara na vela da novena de Lurdes, há nove dias acesa em prece por seu juízo. Assopra a vela e apaga os anos. Já não se lembra quantos são.

Eu queria ser a árvore.
"Ir para onde?" [...]
Onde tivesse espaço.

Victor Heringer

# 10
## CRUZAMENTO

Só as árvores e fotografias nos sobrevivem. De resto são crimes, pequenos assassinatos instantâneos, polaroides.

Hoje eu matei um velho que atravessava meu caminho errando o lugar da faixa, surdo e distraído. Poderia ter matado um cachorro, fronteiriço com o mundo, o rosto emoldurado por um enorme cone de material sintético, manco e afobado. Poderia ter sido um passarinho lindo, de cores impossíveis, incansável fundista, perfeito, sem nenhuma culpa. Poderia ter sido um mosquito desnecessário, pronto, acabou. Fácil.

Difícil é acreditar em encontro de amor. Acreditar que pode ser ela, só pela fotografia com a flor no cabelo debaixo da árvore. Acreditar a ponto de propor um lugar. Depois ir. Prolongar os instantes de mãos dadas, olhos grudados, respiração suspensa. Estar com ela e nem pensar em outras coisas. Depois lembrar muitas vezes, cada detalhe, toda vez que ela perguntar. Desejar que aconteça de novo, querer provocar colisões em outros pontos, arriscar novos encontros. Até que não sejam mais pontos, mas uma linha só, a vida a dois. Para quem acredita, parece que o amor é eterno; continua até mesmo quando termina. A morte também é eterna, quando acaba é para sempre, pelo menos para quem não acredita em vida depois.

Detesto a ideia da duração infinita dos encontros de amor. Acho muito arriscado acreditar em amor eterno, até pior que não acreditar na vida depois da morte.

Tentei tantas vezes achar, pela fotografia, a mulher certa. Cada vez, uma diferente, o mesmo sorriso de olhos pintados. Marcava encontro, mas acabava indo de propósito para outro lugar e me encontrando sozinho. Sem ela — ficava plantado, esperando como uma árvore seca, estatelada, sem o impulso do abraço.

Hoje é diferente. Quando atropelei o velho no cruzamento, já tive um encontro com a morte. Quero outro, que me sirva de dor. Procuro por ela, dessa vez nas lembranças, não nas fotografias. A mulher, não a morte. Aquela de há muito tempo. Ela menina. A única cuja flor no cabelo fui eu que dei, uma vez. Telefono. Ela não me reconhece, melhor assim. Invento outra história sem flor e sem árvore. Ela quer acreditar em amor. Marcamos um ponto no mapa, um X.

Um encontro com hora marcada, um ímã no cruzamento. Logo me arrependo. Não se brinca com essas coisas. Uma galinha preta na encruzilhada é capaz de transformar o futuro em fatalidade.

Sei que se eu não for a esse encontro de amor, ficarei vazio, sem um sentimento que me sirva de dor. Foi assim das outras vezes. Hoje, quero ir. Nem que seja pelo caminho acidentado, pelas trilhas fechadas e picadas escuras, quero transpirar na umidade sem fim, e ouvir os barulhos assustadores dentro e fora. Vagar incerto — suor frio na nuca — qualquer vento, ou folha, ou suspiro, ou movimento peristáltico cresce até virar alma de outro mundo, e então assombra. Não é medo, é respeito. Não se brinca com essas coisas.

Encontrar-me com ela é muito difícil porque o alvo se move. A gente pensa fazer uma canção para ganhar, no embalo, o amor de verdade e não as juras protocolares. E o amor só pode dar errado. Não é medo, é instinto. Qualquer bicho sabe.

O lugar do atropelamento. O cruzamento do encontro. A gravidade da atração das massas, a repulsa das cargas iguais. Ela pode nem ir. Se não for, ficarei sozinho, sem ter escolhido. Não é medo, é pressentimento.

Meu pensamento em círculos, órbitas concêntricas com o X do encontro no meio. O velho está morto no silêncio do cruzamento. Eu sei, fui eu quem matou. O frio é uma certeza. A dúvida é quente, borbulha, parece barulho. A dúvida é viva.

A encruzilhada é morte e amor. O corpo caído, pétalas de flor. Tudo se equivale.

Olho para o céu, que tem lá suas respostas. A Lua, uma lichia descascada, se reduz à metade com uma mordida tímida. O sol parece mais sólido, uma jaca, fruta amarela maior, mas é só uma estrela de porte médio, incandescente — e pode se autodestruir em dez segundos:

10, 9, 8, 7, 6, 5, 4, 3, 2, 1.

Hoje é muito perigoso.

Sonhei também que o sol, a lua e onze estrelas se inclinavam perante mim.

Gênesis 37:9

# 11
## CÉU

No mundo previsto as luas se sucedem e o sol vem sempre igual. A gente nasce, cresce, faz amigo, casa, faz filho, abre caminho, sobe escada, faz estrada, celebra Deus, acredita em leis; os filhos crescem, poucos amigos ficam, os deuses nos abandonam, as leis enlouquecem. Aí acaba o mundo previsto: o sol se enche de humores e as luas todas se embaralham, as estradas vão se rabiscando de atalhos, não há mais promessa que se cumpra com escada. O caminho na correria, ofegante, para e toma fôlego, soluça, porque está perdido.

A moça está grávida, condição instável. Foi se instalando dentro dela porque não conseguiu decidir o contrário. Ninguém falou alto com ela, nem pareceu se importar com a órbita de seu umbigo. O que não se interrompe, cresce até nascer. O que nasce molha, encharca, impregna, se impõe. Ela está assustada. Não sabia que cabe tanta água dentro da barriga. Chora. Não tem seus pais por perto, nem seu país em volta. A criança crescendo nela tem dois pais possíveis, mas nenhum presente para estancar o rio que escorre da sua vagina. De real na cidade estrangeira, apenas sua avó onipresente Rosa, e mais três quarteirões a vencer.

A moça ofegante para, toma fôlego, soluça porque está sem chão. E olha para o céu buscando consolo.

A mãe perdeu o menino na praça, está confusa, esqueceu o remédio. Pelo menos a praça é fechada, contida, quadrada. Se esperar, é capaz que esvazie. O menino é calmo, não vai se desesperar, escapulir. Comportado, ele vai se sentar no banco e brincar com o cachorro que também parece perdido. Vai ter pena, desabotoar o enorme cone de material sintético e deixar o mundo entrar na vida do cachorro, que livre, vai latir alto, agradecido. A mãe desorientada vai ouvir e seguir aquele latido insistente. Ela sabe o quanto o menino gosta de cachorros. Na correria ofegante ela vai procurar, e parar, e soluçar porque encontrou o menino num abraço. Então vai olhar para o céu agradecida, Deus, meu Deus.

O homem entra no pronto-socorro cuspindo muito sangue. Jorros represados, espessos. Ele veio sozinho, não tem ninguém na cidade. Está muito pálido, como se tivessem interrompido seu desenho na hora de colorir a pele. Está fraco, pede uma caneta e anota o número da mãe, muito longe no mapa. Um país ao Sul, com outro rio, quase um mar, de prata. Provavelmente foi um aneurisma, um rompimento de vaso, as três camadas. Os médicos se apressam, no ramo das urgências é preciso "ser rápido, solícito e eficiente". Ele ainda tem tempo de murmurar algo sobre um parafuso no peito e, ofegante, vê a própria consciência se esvaindo. Soluça porque está engasgado e olha o céu inerte, em busca de uma explicação.

É outono. No Jardim Botânico de Nova York, um privilégio de vermelhos, laranjas e ocres. O professor acaba de abrir a plenária para perguntas, depois de ter falado quarenta e cinco minutos cravados sobre as especificidades da flora que margeia os rios de aluvião. Essa é a sua tese, dedicou a vida a ela: percorreu leitos e encontrou plantas. Agora pipocam as perguntas cheias de curiosidade, ele responde cada uma, saboreando todas. Se sente vazio quando o tempo acaba e as palmas muito efusivas, aos poucos, vão rareando. Recusa os convites feitos por educação para seguir em companhia, prefere retornar à boa solidão. Quer muito conhecer o jardim rochoso, com pequenas flores alpinas, mesmo nesse setembro outonal. Corre atrás da luz da manhã, sua preferida. Flores se veem de dia, procuram o sol. Diante da florada de cíclames da Pérsia, o professor para e soluça porque está emocionado. Então olha para o céu de cores tangíveis, acha que está sonhando e tem medo de ser acordado.

As meninas descem os seis lances de escada do grande apartamento no Upper West Side aos tropeços, estão com tanta pressa de deixar os pais aos gritos lá em cima que preferem não esperar o elevador jurássico. O pai empurrou a mãe, elas viram. Pensam tomar um sorvete ou comer hamburger, mas não estão com fome, é cedo ainda. Param na vitrine das manicures tailandesas e olham os esmaltes coloridos, a esperança de um arco-íris em meio à turbulência. Só querem voltar para o Brasil, onde são uma família; só querem seus pais de volta, odeiam essas pessoas loucas que tomaram seus corpos; querem aqueles outros dois, juntos na alegria. Querem colo, qualquer um. Se sentam no banco do canteiro central da avenida, tentando ver embalo no vai e vem dos carros. O soluço da pequena dispara na grande um choro ofegante, se amparam como podem, encostam os ombros estreitos dando-se as costas. Olham para o céu e fecham os olhos num mesmo pedido: um avião que as tire dali.

A avó entretida com o caça-palavras na sala de espera, enquanto a mãe entrou com a menina para a consulta. A avó não fala inglês, não é preciso para achar as palavras no meio da sopa. Para isso, só a paciência que ela tem de sobra. Já é o terceiro país e o quinto médico que procuram com a menina a tiracolo, gritando e esperneando. A esperança é uma peregrinação sem os pontos marcados no mapa. Achou "map", "plant", "apple" e até perdeu o aperto na boca do estômago por alguns instantes. Mergulhada em palavras estrangeiras, a avó sonha com outras viagens e liberdades. O transe é interrompido pelos gritos da filha lá dentro, a neta em convulsão deve ter mordido a língua, a avó corre e ajuda a segurá-la, firme. Aos poucos a menina se acalma e respira cansada, ofegante, soluça e olha o céu em busca da avó. Seu norte.

Porque o céu é um mapa maior. Enorme e tecnicolor cinema de estrelas didáticas que ensinam os pontos cardeais e firmam a constância das leis. Na Terra, dos Homens. Tudo escrito, mundo previsto. Mas que desmedida ambição de ser céu têm alguns objetos terrenos, aviõezinhos e seus controles remotos, meninos derrubando torres. Brinquedos humanos com aspirações divinas. A ordem se desfaz. Diante do olhar incrédulo dos sete bilhões de pessoas que acreditavam em Céu.

O ovo é uma coisa suspensa. Nunca pousou.

Clarice Lispector

## 12
## RECEITA

uma dúzia de ovos
quebrados
divididos
as gemas desfeitas em fios
as claras agitadas em suspiros
das duas, uma
bodas de comunhão
ou metades de um divórcio

# CONTAGEM REGRESSIVA

Como a luz da estrela já morta, o ovo propriamente dito não existe mais.

Clarice Lispector

## 12
## PARTILHA

Metades de um divórcio. Abriram o lobo e tiraram a avó. Para Clara — mãozinhas babadas dentro da boca aflita —, assim separados, os dois estavam mortos.

As pessoas têm medo do bicho solto, logo vira caso de polícia. Não precisava ter sido desse jeito.

Chegou filhote, parecia um lobo, chamaram de Lobo, era um lobo, bem manso. A avó sabia e cozinhava tim-tim por tim-tim tudo o que o lobo queria. Lobo mimado.

Clara dividia com ele a torta de travessa, não se importava. Depois os dois lambendo os beiços, fadinha e lobinho tão bem-comportados. A avó cantava a estrela-d'alva no céu desponta, já pensando na sobremesa: bolo de fubá, bolo de bafo de lobo. Partilhavam, irmãos de matilha. Mãos meladas, patas pegajosas. Uma ciranda. Ela gostava. Preferia um irmão lobo do que irmão nenhum.

Pais separados, as roupas de frio e os cadernos de escola nunca estão na casa certa. "Dá um pulo na casa da sua mãe que você esqueceu a escova de cabelo." "Corre lá no seu pai, pega a luva que vai esfriar." Casas vizinhas tão longe. Eles nunca sabiam direito onde Clara deveria estar. Que luva e escova, que nada. Pegou na despensa foi o saco de sequilhos, barulho de celofane. Da casa do pai, o chocolate de aeroporto, laminado presente. E se lançou abastecida pela trilha de breu. Invencível.

A avó do outro lado do mundo, caminho sujo feito rascunho. Ia assombrada, por barulho e pensamento, respiração curta, corrida tímida, com medo de derrubar a cesta de doces casados. Mesmo assim longe, a casa da avó é mais perto; tem lá o Lobo, um irmão, um amigo.

Quando chega encalorada, precisando de um refresco, grita chamando "Vó!". Sai o lobo uivando de dor de crescimento. Que grande, enorme que ele ficou. Clara quase nem o reconhece, não fossem os olhos gulosos. Lobinho sentiu o cheiro do chocolate. Certo, era para ele mesmo. Os sequilhos, para vovó. Cadê ela? Saiu. Nunca sai. Muito esquisito. Não é a cara dela largar os óculos assim, no chão, e o livro aberto, e a cama por fazer.

O amigo lobo comeu o chocolate, sem muita metafísica, porque estava nervoso. Os dentões arregalados olhando para Clara. Ela não entendeu logo o que eles queriam dizer. Dentes confusos, encavalados. O bafo estava muito forte e não era de bolo, era de carne apodrecendo dentro, de sangue jorrado fora. De certo, matou um passarinho. Eles irritam na cantoria quando é setembro. Dava para entender, Clara também sempre teve vontade de matar um pardal. Olha para o irmão enxergando além da catinga, cúmplice dele. Um sentimento bom invade aquele lugar pequeno entre o peito e a barriga e ela ameaça correr os dedos por sua testa crispada. Mas ele refuga.

Estranho. O lobo não é disso. Muito esquisito. Comeu algo estragado. Certeza. Melhor ver lá na cozinha o que está faltando na mesa posta. Posta e desfeita por um furacão, parece, furacão com nome de mulher e não um tornado macho mais manso. Que bagunça. Os farrapos da toalha bordada em ponto cruz misturados aos trapos da camisola da avó, miosótis desbotados. Tudo empapado, ainda quente dos ovos quebrados no tombo da caixa inteira, uma cena desolada, desviada para o amarelo. Que maldade! Clara não entende por que fizeram aquilo, nem quem terá sido.

O cheiro é insuportável, um miasma. Está brigando para segurar o choro e o vômito, ao mesmo tempo — equação complicada. Logo começa o barulho das sirenes se aproximando com fúria, uma invasão. O policial nem pergunta seu nome e já lhe tampa os olhos com as mãos farpadas. Ela rebola para se desvencilhar. Ele é forte, mas não é ágil, meio bundão. Quando consegue se safar, os olhos levam segundos para suportar de novo a luz. Finalmente, enxergam incrédulos: a mãe e o pai juntos, entrando pela porta da frente, de mãos dadas, quase abraçados. Clara não entende mais nada.

No chão da cozinha desfeitos, o lobo e a avó, um para cada lado. O lobo rasgado, a avó incompleta. E os pais juntos, eles que nunca conseguem completar uma frase sem quebra, juntos como se fossem uma família. Tentam se aproximar dela, em câmera lenta com o som abaixado. Mas nunca chegam. Porque o tempo, mais que parado, está mudo.

Clara olha em volta, tudo é morno envolvendo seu corpo de macaquinha ginasta. Soluça o choro engolido junto com o golfo azedo de quando o policial lhe tapou os olhos e imobilizou a testa. Os cinco sentidos são todos ligados, fluindo ou represados. Ali, existe um bloqueio, pedra, coágulo. Clara não consegue olhar para baixo, tem um polo repulsivo no chão imantado. Olha para cima, então, busca o céu pela nesga de janela que ficou aberta na cozinha, uma luz amarela lhe ofusca o juízo que nunca teve, volta ao chão desviando da partilha ensanguentada entre sua avó e o lobo. Chora o desperdício do bolo que deveria ter sido: uma dúzia de ovos.

O pior é que, justamente nesse momento, quando quase ninguém ainda aprendeu a levar a pedra até o Céu, a infância acaba de repente.

Julio Cortázar

## 11
## FESTA NO CÉU

Acreditavam em Céu quando jogavam amarelinha.

O jogo: uma pedra é jogada — também pode ser um resto do giz, o mesmo usado para desenhar o tabuleiro, ou uma bolinha de miolo de pão, babado, para que pese. O objeto, não importa qual, deve ser arremessado a cada rodada, de forma a percorrer a sequência dos números, de um a dez. Os números aparecem alternados em linhas de um e de dois quadrados: um; dois, três; quatro; cinco, seis; sete; oito, nove; dez; e por fim há uma casa grande de forma abaulada, onde se lê Céu. Assim, o jogador deve pular, em um pé só nas fileiras de um quadrado, e com os dois pés nas fileiras de dois quadrados. Deve evitar, na ida, a casa na qual o objeto foi jogado, recuperando-o na volta com uma das mãos, não importa qual. Em geral, os canhotos usam a mão esquerda e os destros, a direita. Quando um jogador erra — a mira da pedra, o equilíbrio do corpo, a posição do pulo — é a vez do próximo. Não há limite para o número de participantes, mas se forem muitos, o jogo pode demorar uma eternidade.

Em outras palavras: o jogador deve atravessar o desenho dos números no chão — como se fosse uma escada e seus degraus — aos saltos, deve se abaixar e recolher, levantar e não deixar cair e não queimar linhas fronteiriças e respeitar a ordem dos números e não se distrair com outros ritmos do corpo para, enfim, alcançar o Céu e ganhar o jogo. O silêncio não é um imperativo, mas ajuda na concentração.

É preciso ter paciência, porque os jogadores erram muito no caminho. É preciso ter perseverança. Uma coisa chata é quando alguém desiste no meio do jogo, uma falta de espírito esportivo. Caso haja briga ou desistência, ganha quem tiver ido mais longe nas casas numeradas, embora não haja muita graça em ganhar um jogo inacabado.

Ninguém, que não esteja jogando, assiste a um jogo de amarelinha: não há muita emoção, os momentos são longos e, mesmo os adversários, se esquecem um do outro. O jogo é uma peregrinação muito íntima. Até por isso, não é raro se jogar sozinho.

Ela jogava sozinha.

Ele assistia, porque ela era linda e a saia levantava, um pouco, quando ela pulava.

Ele assistia, porque era um sapo e não tinha sido convidado para a festa no céu.

Ele assistia, porque esperava um buraquinho onde pudesse se enfiar em pedido de carona.

Ele assistia, querendo que ela fosse seu violão, seu esconderijo.

Ela jogava sozinha. Concentrada nos onze passos do caminho, mirava o Céu e só.

Ele assistia, rezando para ela tropeçar e precisar de mertiolate.

Ele assistia, porque os sapos, melhor que os príncipes, sabem que o mundo é muito precário e a brincadeira sempre pode acabar antes do previsto.

Vem orar comigo, minha irmã,
para encontrarmos a vegetal permanência

Edmond Vandercammen

# 10
# BECO

Hoje é muito perigoso
andar sozinha por essas ruas
assim disse a mãe
Tudo pode acontecer
um tarado
um bandido
o diabo
saíram de mãos dadas
as duas
nada pode acontecer
uma brisa
um pastel
uma garapa
a mãe se engraçou na feira
de conversa
com o moço da pescada
preferia namorado
não era a estação
vamos ficar mais um pouco
a mãe falou disfarçando
tem muita lição
dez minutos só, filha

vontade de fazer xixi, mãe
então vai, pode voltar sozinha
não tem perigo
cuidado no cruzamento
e não fala com estranhos
foi o estranho quem falou baixinho
Menina,
vem brincar comigo
atrás da quaresmeira florida
põe no cabelo
faz uma pose
caiu
deixa eu te ajudar
põe o cabelo pra trás
faz pose
uma fotografia com o celular
tá linda
deixa que eu enfio a flor
nos teus lábios
de ladinho
assim
abraça a árvore
não grita
segura esse choro
não é tempo de namorado
árvores sobrevivem

subazul
subsol
subsolo

                Cassiano Ricardo

# 9
## CASA DE DOCES

Quantos são os meses que João e Maria passam na casa da bruxa?

Essa é uma pergunta irrelevante para a maior parte das pessoas, mas eu gosto de pensar que sei a resposta. Tenho para mim que foram nove meses, como uma gravidez. Eram irmãos contra o mundo, muito juntos, de mãos dadas: quatro mãos; duas enlaçadas, uma dele, outra dela. Duas livres, uma dele, uma dela. A dela comendo doces, a dele segurando um ossinho magro para enganar a bruxa. Não havia janela, só o vão das grades daquela gaiola de engordar crianças. E eles foram engordando, gêmeos, simbiontes, cúmplices, até ficarem prontos para escapar de lá. Então enfrentaram a bruxa e o mundo. Uma história que ninguém conta.

Durante os nove meses em que dividi o útero da minha mãe com minha irmã, acho que percorremos um caminho sem volta, de mãos dadas, suspensos no líquido amniótico, como o ultrassom mostrou. Foi um caminho escuro, sem janelas. No primeiro mês, corações batendo. No segundo, olhos, bocas e rostos. No terceiro mês, dedos e unhas. No quarto, vieram os sabores: doce, amargo. No quinto mês, eu menino, ela menina. Semestre completo, pulmões e cérebros. No sétimo mês, claro e escuro. No oitavo, a pele cor-de-rosa, os pontapés. No nono mês, contrações e a expulsão para o mundo onde se respira. Engordávamos, de pouco em pouco, ao longo daqueles nove meses, o tempo que leva para a vida ficar pronta. Como João e Maria, tínhamos um ao outro.

Depois, houve caminhadas seguindo a rebentação do mar, mãos dadas. Caminho com volta e claridade. Quando alcançávamos uma das pontas da praia, era esticar a mão desocupada e tocar a pedra mais extrema. Então voltávamos, sem desfazer o enlace das mãos. O mundo precisava girar: eu, que tinha vindo espocando água pelo lado do mar, voltava fritando os pés pelo lado da areia. O sol, que vinha poente pela esquerda, voltava nascente à direita. Só ela constante, ao alcance da mesma mão. Não entendia então, e continuo sem entender, tal acrobacia do caminho. Mas uma convicção se formou ali, nódoa irremovível. Saí desses longos passeios — o intrauterino e aqueles à beira--mar com minha irmã — acreditando que o laço da companhia é o ponto mais fixo na Geografia Física. Levei tempo para perceber além: as convicções são fortes, mas são de cada um. Conheço as minhas, um pouco. Desconheço as dos outros, completamente.

Por exemplo: não sei o que ela, Maria, leva na cabeça enquanto passeamos pela avenida da praia. Foi sua ideia sairmos juntos do seminário na universidade e caminharmos até a cidade velha, talvez bebermos alguma coisa antes do anoitecer. Foi sua ideia sentar-se ao meu lado e ficar com a mão no meu joelho, algumas horas mais cedo, insistindo em falar da saudade que tinha sentido no tempo em que não nos vimos. Mas agora anda desembestada na minha frente, evitando ficar lado a lado. Parece imersa em algum tipo de certeza: uma mudança brusca de humor. Segue firme, desenhando com clareza as fronteiras da Geografia Humana.

San Sebastian se parece um pouco com o Leblon, em tamanho. Mas é diferente: uma praia avarandada com vista para o mar, o calçadão suspenso. O abismo próximo. Tenho vertigem. Queria que me fizesse companhia, que me desse a mão. Ou, pelo menos, se interpusesse entre o nada e eu. Queria que fôssemos de novo João e Maria.

Ela tem outros planos. Um bar de cervejas, cheio de marinheiros, na ponta da cidade velha. Aperta o passo com a urgência dos apaixonados, desfaz os primeiros botões da camisa e chacoalha a cabeça para eriçar os cabelos preparando seu bote, antes de entrar no bar de subsolo. Vou ficando para trás em meu andar tonto. Sou um tonto, entendi tudo errado.

Vejo de longe que ela aborda um sujeito com a metade dos meus anos, todo tatuado e rijo, olhos revirados de mar antes da chuva. Maria cochicha alguma coisa em seu ouvido, mordisca a argola de seu brinco. Ele ri e abraça sua cintura. Grudados, seguem escada abaixo. Já não os vejo, nem preciso. O subsolo, ao contrário das convicções alheias, eu consigo imaginar.

Cambaleante em minha vertigem, dou meia-volta. O mundo invertido, as mãos livres, sem companhia. Procuro algo que me atraia novamente ao outro lado da praia. Lembro-me da padaria, da vitrine envidraçada de nome francês: bombas de chocolate, mil-folhas, bolos bascos. Uma casa de doces com som ambiente, uma gaiola de engordar os gulosos e os magricelas, sem a bruxa para conferir os dedinhos. Só Nina Simone:

> I want a little sugar
> In my bowl

> I want a little sweetness
> Down in my soul
> I could stand some lovin'

Ando firme, nem olho o pôr do sol que exclui o alaranjado e o cor-de-rosa, porque anoitece azul. Ignoro os carros lentos que passam rentes ao calçadão e, estressados com o tráfego, buzinam. Só quero uma porta, a porta da casa de doces. Aperto os olhos e aperto o passo. Em meu mundo sem companhia distingo apenas as sombras. Nessa gaiola, janela, janela mesmo, não pensaram em colocar.

E então ela foi até o mingau do Pequeno Urso, e o provou; não era nem muito quente nem muito frio, apenas certo.

Robert Southey

# 8
## CACO CACHO CAIXA

Oito horas é o que dura um dia de inverno nos países de zonas temperadas. No verão, são dezesseis, regradas. Nos trópicos variam menos. Dias mais longos, dias mais curtos; temperaturas mais altas, mais baixas. Variações razoáveis, compatíveis com a vida em nosso planeta. As estações se sucedem de forma previsível, como uma contagem. Mas já houve um tempo em que a Terra não tinha constância. Era um esquenta-esfria de extremos insuportáveis, sem estações bem definidas. Não dava para agricultura. Impossível plantar no tempo certo e esperar para colher, permanecer num mesmo pedaço de terra, com os bichos domésticos pastando, domados. O ser Humano, até começar a História — os dois com H maiúsculo —, foi nômade e caçador. Abatia os animais, sangrava e arrastava pelas caudas, pelas pernas. Foi a camada de ozônio que, ficando mais espessa, pôs ordem na atmosfera e permitiu que os hominídeos ficassem no mesmo lugar, construindo povoados nas margens férteis dos rios e tornando-se amigos dos bichos; que plantassem trigo, depois milho e café.

Bia continuou nômade da cabeça. Ela viaja, vai embora em pensamento, desde pequena. Quando os copos quebram, Bia olha os cacos. Ao invés de catar, pensa no reflexo colorido da luz no vidro. Verde, vermelho, amarelo, já imagina um vitral; a igreja inteira iluminada em dia de sol, o coro, o Pai-Nosso.

Tudo aquilo dos povos agrícolas e dos bichos, a Bia pensou olhando um cachorro que entrava no salão de cabeleireiro. Vinha no colo da senhora sua dona de cabelos platinados de lua cheia. O barulho alto dos secadores enlouquece até gente. Em cachorro os barulhos gritam mais. Se fosse um cão selvagem, mais para lobo, teria rosnado e atacado cabeleireiros, manicures e clientes, feito um maluco desvairado. Mas aquele nem latiu, domesticado.

Aflita, aflita com aquilo, a Bia pediu para deixarem o cacho assim mesmo, um só pendendo inclinado do meio da testa. Não ia aguentar a demora de muitos — pencas amarelas, bananinhas-ouro, das menores. Não olhando o cão de sofrimento quieto e a dona distraída folheando as celebridades. Bia saiu de supetão, chutando os fios; chega, basta. "Um cacho é penteado o bastante para a balada."

Iria bonita porque é bonita. No dia em que pegaram o vagão-leito voltando de Rancharia e Manu pulou para sua cama na cabine dupla, foi isso que ela disse: "Você é bonita porque é bonita". Foi isso que ela disse enquanto se esfregava toda nos peitos e nos pelinhos da Bia. A língua quase chegando no tímpano, um dedo enfiado entre os pequenos lábios, o outro puxando o biquinho dos peitos como se fossem elásticos. Foi dando tanto calor que acabaram se livrando do lençol.

O melhor da festa é esperar por ela, e a Bia esperava de novo aquele bafo úmido perto da orelha. Chegou no buffet com o cacho de lado. Olhou, olhou, nada da Manu. Até que viu no canto a Manu atracada a alguém que não era ela, era ele. Não importava qual ele. A Bia não chorou, engoliu o nojo que teve, porque dá nojo ver quem a gente gosta com alguém que não é a gente e a gente não poderia ser porque não tem pinto nem gogó. Bia chamou um táxi especial e esperou na porta sozinha os minutos infinitos que ele demorou para chegar.

Entrou em casa ainda com um bolo, não o bolo de festa que ela nem chegou a ver, entalado na garganta e correu para pegar a tesourinha no armário do banheiro. Decidida, queria cortar o cacho, maldito cacho, para lembrar daquela noite depois, quando a dor passasse. Para deixar de ser besta, acreditar em conversa de pé de ouvido; ser bonita porque é bonita e o cabelo dourado e o escambau. Uma vaca, isso sim é que a Manu era, uma vaca. Aproveitou a tesoura e cortou também um fiapo de esparadrapo fino de cobrir bolha no sapato apertado. Precisava juntar os fios num tufo, duas voltas de esparadrapo. Assim, o cacho virava relíquia de colocar na caixa. Ainda meio tonta de ódio, Bia subiu no banco para abrir o armário de cima, aquele, das coisas guardadas. Tateando alcançou a caixa das relíquias, que foi quicando de pouco em pouco até cair escancarada no chão do quarto libertando o cheiro de mofo: dentes de leite, a botinha embalsamada em algum metal pesado, as cartas da avó, a foto na montanha-russa da Disney, o Bibo.

O Bibo. O Bibo e a Bia já tinham sido inseparáveis. Dormiram juntos até ela não precisar mais dele para passar as noites tranquila, respirando com ritmo certo, sem apneia ou pesadelo. Demorou. Foi depois dela parar de fazer xixi na própria cama e correr para a cama dos pais. Foi depois de aprender as sílabas da palavra *ba-na-na*. Fazia tempo. Foi ontem. O urso já gasto foi parar na caixa meio abatido, áspero nas costuras, mas macio de resto, quente por dentro.

Bia olha o Bibo com um carinho esquecido dentro dela. O pensamento se espessa, o botão que ela tem entre as pernas começa a doer de inchado. As pontas, as costuras, o macio da pelúcia nela. Bia mexe o Bibo do jeito que gosta: traçando um oito ao redor, repetindo e mudando de direção, escolhendo seu ritmo certo. Melhor que a Manu, muito melhor. Então enfia todas as partes dele bem fundo, muito mais dentro que o dedo da Manu. O Bibo sai todo melecado, precisando de um banho. A Bia com um cheiro forte. Deixa o banho para depois, já olha para o teto azul-bebê com as estrelas Starfix que brilham no escuro e começa mais uma peregrinação nômade no pensamento. O teto cósmico deveria ser preto. Ofegante, suspira e divaga além. Lembra-se dos vitrais de igreja feitos de copos quebrados, lembra-se do cachorro domesticado e ensurdecido no salão de beleza, e se lembra de agradecer: Pai-Nosso que estais no céu, muito obrigada mesmo, pela camada de ozônio, as plantações agrícolas e os animais de estimação — esse amor tão verdadeiro, que nunca vai terminar.

Ciente de sua forte astúcia,
virou leão primeiro de crineira espessa, dragão,
pantera e gigantesco javali
e água corrente e árvore magnicopada.
E nós, meticulosamente, o aprisionávamos.

                                            Homero

# 7
## SETE E SETE

Depois, silêncio. Eles brigavam assim: um gritava, outro gritava, mais alto, mais alto; um desistia, batia a porta, o outro chorava. Depois, silêncio. Isso, quando papai estava em casa. Porque, de praxe, viajava. Quase nunca chegava em tempo das datas exatas — trazia o presente do Natal passado, do próximo aniversário, ou sem se dar o trabalho de motivo certo.

Lembro-me bem das caixas: canetinhas porosas e bombons. Tínhamos que dividir e era impossível. Tereza, Camilo e eu queríamos a mesma cor, o mesmo sabor. Mas nunca existem três iguais em nada que é sortido. Para não chamar a atenção, decidi logo preferir os enjeitados — caneta cinza-chuva e chocolate branco, os mais desanimados. Enquanto isso, meus irmãos se batiam por serenatas de amor e corações Sylvapen vermelhos, superlativos. Os adultos se incomodavam, não comigo.

Às vezes papai trazia uma revista *Coquetel*, uma só, insuficiente. A briga dos dois era pelas palavras cruzadas, o perdedor ficava com os caça-palavras. Palavras, palavras, palavras. Pra mim sobravam mudos os jogos dos sete erros, que eu então preenchia de palavras cantadas, "sete e sete são catorze com mais sete, vinte e um, tenho sete namorados e não gosto de nenhum". De nenhunzinho eu gostava, ou fingia que não gostava, senão alguém podia querer. Até meus erros e os meus namorados, se eu gostasse, alguém podia querer.

Teve aquela vez do chocolate Surpresa. Eram cartões coloridos que vinham dentro, melhor que recheio, felinos de todo o mundo. Os mais raros eram os três maiores: tigre, leão, onça-pintada. Nessa ordem decrescente. Dificílimo conseguir todos, que dirá três de cada. Fizemos o acordo mais justo: Tereza ficaria com o tigre porque ela era maior, Camilo com o leão, porque era menino, me sobrou a onça-pintada, porque eu era livre. Já tinha entendido isso, que escolher o que ninguém quer é uma forma de liberdade.

Primeiro, papai trouxe o leão, sem chocolate nem nada, só o cartão. Deve ter comprado de alguém sem filhos em idade de coleção. Deve ter pago caro. Camilo gritava pela casa, engasgando a respiração de tanta felicidade.

Depois, foi minha vó que apareceu com um tablete já aberto, só que refeito em embrulho, caprichado para parecer intacto. Era o tigre, rajado, enorme, lindo. Tereza nem deixou a gente olhar direito, escondeu. Era dela, só dela. Sua gaveta lotada de coisas solitárias que nem podiam sair para brincar no jardim. Coisas tristes.

E a minha onça não vinha. A promoção acabou.

Um dia trouxeram um bicho vivo, um jabuti que tinha sido atropelado bem na frente de casa. Era feio e fácil de ser esquecido, muito silencioso, nem precisava se esconder. Bastante estropiado, parecia um jogo dos sete erros sem o gabarito para mostrar o certo. Ninguém se interessou por ele, ficou duas semanas sem nome. Acho que nem era meu só meu, mas acabei cuidando.

Olhava bem de perto quando ia colocar a alface rasgada em pedacinhos. Tentava enxergar o jabuti com olhos novos. Fechava apertado, esfregava as pálpebras em círculos. Quando abria, o desenho do casco vibrava psicodélico, uma beleza: amarelo, castanho, concêntrico, estampado "de oncinha". Me deu uma ideia. Foi só desenhar duas orelhas e colar um rabo comprido, amarrar ele no skate para que ficasse mais ágil. Foi uma metamorfose. Então, batizei o jabuti de "onça", sem festa ou cerimônia.

Aos poucos passou a ser notado. Um jabuti cheio de existência. Cada um enxergava de um jeito. Camilo não sabia se era o Batman ou se era a Mulher-Gato. Tereza achava que, para travesti, faltavam só os cílios postiços. Minha mãe dizia "pode não ser o maior felino, mas é a onça-pintada mais literal do mundo".

A transmutação daquele jabuti em onça-pintada foi meu primeiro passe de mágica. A metamorfose, como se sabe, não é um privilégio dos sapos, nem das borboletas.

eu vou dançar
até o sapato pedir pra parar
aí eu paro, tiro o sapato
e danço o resto da vida

         Chacal

# 6
## CONTAS A MENOS

Encontrava razão na própria dor, enquanto apanhava. O pai bateu de cinta, com a fivela. Ela mereceu, roubou um punhado de canudinhos de macarrão para passar dentro o barbante e fazer um colar. Poderia ter roubado bombons, que a loja vendia a granel, mas tudo o que queria era uma meia dúzia de contas no seu colar. Capricho puro, um colar mais comprido que o da irmã. Só que a irmã, Graziela, comprou o macarrão com dinheiro da própria mesada e, apesar de ter roubado pão de mel, foi sorrateira e ninguém descobriu ou ralhou. Cíntia não, gastou a mesada de três meses numa bola de futebol, depois roubou os canudinhos de macarrão para o colar. Roubou com descaramento. Por isso, apanhou calada.

Não escorreu uma lágrima. O pai era bom. A mãe sempre dizia e tinha razão. "Nessa casa quem canta é o galo." Cíntia tinha que entender e respeitar. Um dia teria sua própria casa, seu marido, seu filho, homens seus. Até lá, era melhor não querer as contas de nenhum colar.

Com as contas da matemática, Cíntia podia, estavam ao seu alcance. Aprendeu antes a tabuada do 6. Era seu número preferido porque é um número perfeito. Ela sabia: em matemática, um número perfeito é um número inteiro para o qual a soma de todos os seus divisores positivos (excluindo ele mesmo) é igual ao próprio número. Por exemplo, 6 é um número perfeito porque 1 + 2 + 3 = 6. Aprendeu sozinha o que era um algoritmo, um jeito de explicar que servia para mais de uma coisa. Mas as pessoas não faziam muito caso, nem percebiam. A perfeição do número 6 era, para Cíntia, um segredo e uma companhia.

O professor chamou os pais para avisar do talento dela para a matemática. Mas os pais não concordavam, "talento nada, é intuição, sorte. Meninas não dão para números". As regras do pai, as regras da mãe, a irmã conforme, a casa em ordem. Ângulos retos, formas fechadas. Cíntia de fora. Seu lado era fora.

Na rua, ela brincava mais com os meninos. Gostava dos jogos de bola, entendia todas as regras. Ficava fora de casa até tarde, até às 6 x 3 = 18 horas: horário da aula de piano, da clave de sol, da tabuada do 8 que ela odiava. Tanto tempo na rua, que se esquecia de comer e estava ficando magra demais, pele e osso. Voltava toda suja, o joelho esfolado, as pernas cheias de rasgos e roxos. Já nem podia usar a saia plissada do uniforme, porque não ficava bem. A irmã sim, ficava um encanto de normalista, tinha as pernas grossas, bem-feitas e os joelhos roliços à mostra. "Para uma menina, as formas contam muito." Mas Cíntia pensava por sua conta, diferente: logo teria um quadrado só seu, cheio de meninos e bolas, por todos os lados.

Tinham aulas de piano, ela e Graziela, meninas de família. Os pais alardeavam que não faziam diferença entre as filhas, davam chances iguais. Mas com o tempo ficou claro que Cíntia, coitada, não tinha ritmo, nem disciplina. Se perdia nas contas dos colares e nos compassos dos dias. A irmã tinha foco e o conservatório era caro. Precisaram escolher. "Graziela tem mais futuro."

O futuro ia chegando. Já estavam mocinhas, podiam ajudar em casa, lavar os pratos depois de comer o almoço que a mãe tinha deixado sobre o fogão. Graziela comeu todo o bife com arroz e feijão, o tablete inteiro de chocolate Surpresa; deixou os tomates e a louça para Cíntia lavar, quando chegasse da rua. A mãe tinha ido na costureira, precisava apertar o vestido de Graziela para Cíntia usar na festa de debutante da Belinha. Vestido cor de maravilha, tomara que caia, tafetá. Já tinha sido o mais lindo, a última moda. Não era mais. Mas servia, se apertasse.

Na festa, Cíntia, distraída, esqueceu da hora combinada, se perdeu na música lenta. Dois pra lá, dois pra cá, e uma paradinha para suspender o vestido mal apertado. Podiam ter colocado alças, mas já não tinha tecido da mesma cor. Pouco importava, se aparecesse uma ponta de peito, ela até gostava. O Raul dançava de propósito com o rosto colado, olhando baixo, na butuca, tomara, de um acidente com o vestido. Depois, o Marcinho com a mão boba no comecinho da bunda dela, bem no elástico frouxo da calcinha — que estava pequena para a irmã, mas ainda era larga para ela. O cabelo solto, porque não tinha grampos nem jeito para um coque, o Júlio juntava em um rabo de cavalo e puxava para trás, meio bruto. Ela gostava.

Esperou muitas músicas para o Paulo chamar baixinho, quer dançar comigo? Ele era muito alto, ela ficava encaixada entre o seu queixo de barba falhada e o pescoço cheirando a colônia ruim, a mesma do pai dela. Naquela posição, sentia no rosto o pomo de adão dele. Pontudo, oscilando ritmado, enquanto a boca engolia seco para não ter que dizer palavra. Ali, grudada ao peito acelerado do Paulo, não eram borboletas que ela tinha no estômago, mas parafusos pontudos. Ali, ela tinha a melhor vista do mundo: a calça fina do smoking moldada pelo pinto duro.

Aquele era seu quadrado: homens e bolas, por todos os lados. As luzes piscando na pista de dança e já era meia-noite. O fim do jardim da infância.

Então, o seu coração invejoso descansou tudo aquilo que um coração invejoso pode descansar.

> Irmãos Grimm

# 5
# CALIBRACHOAS

Sou mulher, diz. Por isso, entende melhor do que eu, diz. Que também sou mulher, penso. Que sou mãe, penso. Não digo.

Ela diz também que teve uma avó italiana e tem as receitas de família na cabeça. Eu faço que sim, sem concordar. Vejo que não leva jeito para a cozinha. Desperdiça metade das batatas na falta de capricho com que as descasca. Pega os ingredientes no improviso, com grosseria; vai batendo as portas dos armários, apressada. Suja todas as vasilhas deixando rastros líquidos no chão da cozinha, e culpa a lentidão automática dos eletrodomésticos por seus atropelos.

Não sei bem do que entende. Não tem filhos, apenas uma enteada branquela. Também não sei que graça meu filho viu nela, a enteada branquela. Alguém que tivesse filhos teria mais jeito com as coisas e mais paciência com o tempo que elas levam.

Estou ali porque me pediram para ajudar sem palpitar. Sei fazer isso, estou acostumada.

Ela manda. Está em sua casa, suas regras. É uma mulher jovem, entende melhor.

Só quando corta o dedo, deixando o ralador empapado de sangue, me deixa descascar as batatas. Mas, na raiva, arremessou o utensílio longe. Então me passa o que resta: uma faca apontada para a tarefa. A faca está suja, e ela não me dá acesso à pia que, polvilhada de farinha, parece o deserto do Saara. Eu precisando de água, queria lavar a faca. Deve ser a única com corte na bagunça dessa cozinha, ela já a usou para picar as cebolas e desossar o cervo do ragu. Minhas mãos também estão meladas, querendo detergente. Me estico em curva e tento abrir a torneira. Mas não consigo, não alcanço. Ela, impávida, não faz menção de se mover para a minha passagem. Ela manda.

Tento me concentrar: o cervo já foi esquartejado, não sobrou nem coração. As cebolas estraçalhadas, a farinha derramada. Só existem as batatas. Melhor tirar as duas alianças incomodando o anelar da mão esquerda. Faz trinta anos que ele morreu e ainda não me acostumei com o peso desse anel a mais. Penso nele ao olhar as batatas, na primeira coisa que ele diria (talvez a única): são solanáceas, como os tomates; flores de cinco pétalas e cinco sépalas, frutos com cinco septos. Nas batatas são indistintos, mas nos tomates são visíveis.

A barragem desabou no Acre, foi azar ele estar ali procurando novas espécies de plantas rasteiras. A proximidade da Amazônia peruana era promessa de solanáceas: havia milhares de espécies de batata já descritas por lá. Seria só o começo de uma expedição daquelas intermináveis seguindo leitos de rios, noite e dia atrás das plantas raras. Não me admira a sua primeira mulher ter ido embora no meio de uma dessas buscas. A mim, ele nunca convidou, tinha receio. Tenho certeza de que me amava. Mas também amava seu trabalho. Voltava para casa só pelo tempo de fazer outro filho. Solano é o último, mal o conheceu. O menino tinha meses quando a barragem desabou sobre seu pai. Hoje Solano se casa.

Nada se lava nessa cozinha, os cheiros se avolumam em pilhas, como pratos por lavar. As janelas fechadas não ajudam, mas ela diz que o vento faria desandar o suspiro da torta de maçã. Na minha opinião que não conta, os vidros em anteparo servem apenas para matar passarinho.

A sabiá, filhote ainda, veio com as asinhas incertas. Talvez seu primeiro voo. Se estatelou bem na minha frente. O bico, mirando as calibrachoas vermelhas e amarelas do lado de cá da vidraça, bateu primeiro e rachou. Eu quis socorrer, ela reclamou que era perda de tempo. As batatas.

Nem com o pássaro já morto me deixa abrir a janela. Diz que está acostumada a matar galinha para fazer molho pardo, não se impressiona fácil. Eu, que já vi muita coisa morrer, não acho que se impressionar seja questão de costume, mas de coração. Lembro-me do cervo despedaçado. Ela deve ter hábitos no lugar do coração. Só pode ser isso.

Eu nem devia chorar passarinho, que mãe de menino não tem esse luxo de ficar sentimental. Mas me lembrou das coisas pequenas que já perdi. O modelo de vidro da *Schizanthus pinnatus* que ele descobriu na Guiana Francesa, uma flor incomum. Mandou fazer o modelo de vidro em Nova York, anos depois, uma perfeição. Me deu em pedido de casamento. Disse que os nomes populares daquela solanácea, quando ainda não tinha nome científico, eram "borboletinha" ou "orquídea de pobre". Escolheu envidraçar aquela, entre tantas das suas descobertas, porque os nomes vulgares o fizeram pensar em mim, na minha alegria e na minha simplicidade. Ele adorava os nomes das coisas, mais que as próprias coisas. Nunca ganhei um presente tão lindo. A flor de vidro que se quebrou nas correrias de Solano pela casa.

Coisas pequenas perdidas, às vezes conto como agulhadas. As grandes, parei de contar faz tempo.

Vou longe perdida nessas lembranças. Pensamento é bom, entretém, distrai do mundo. Quando olho de volta em torno, as batatas já estão refeitas em nhoque para oitenta pessoas, preciso admitir que ela foi rápida. Bate palmas aplaudindo a si mesma, muito bem, e vai tirando o avental porque precisa se arrumar, dar um beijo na enteada antes da cerimônia. As flores chegaram, são rosas, tudo vai ficar muito lindo. Testaram as luzes da pista de dança, tudo certo, vai ser uma festa animada.

Já na porta da cozinha, ela diz que o molho de tomate é comigo: "aproveita a mesma faca das batatas, das cebolas, do cervo, já está suja mesmo. Se não der tempo de tomar banho, não é grave, só jogar o vestido de brocado por cima do corpo e você vai ficar ótima pra sua idade. Depois, sabe como é: o que todos reparam em casamento é na família da noiva".

Fico com os tomates. Penso não tirar as sementes para azedar o molho antes que os anos cansados de casamento o façam. Mas coloco um dedo de açúcar. Tadinho do meu menino. Meu príncipe.

Vou acrescentando devagar os pedacinhos frescos e sem pele. Seguindo a divisão dos septos daquele fruto, desenhando os gomos na bola vermelha, que não é uma maçã madrasta. Vou despejando na panela os pedaços simétricos, assim: de cinco em cinco.

— Ela diz que só disse "se"...
— Mas disse muito mais que isso!

> Lewis Carroll

# 4
# ELA VOLTA JÁ

Sonhos são uma infecção. Quando criança, você ouve uma frase ou vê uma imagem ou se contamina através de qualquer um dos seus cinco sentidos por uma ideia que é uma espécie de vírus: ser astronauta, conhecer as pirâmides do Egito, ganhar um Oscar, descobrir a cura da malária, mudar o mundo. Aquela ideia entra em suas células, se recombina com seu DNA, e passa a mandar em suas proteínas — o material de que são feitos os sonhos. Há quem diga que são feitos de nuvem, ou de açúcar, mas não é verdade. Como tudo o que é vivo, os sonhos são feitos de proteína, por isso são reais, dobráveis e assustadores.

Os meus sonhos são dois: encontrar o diabo e voltar no tempo.

Um dia a chuva beijava a janela, beijinhos gelados, arrepios. Fiquei atenta. Da lareira saiu um valete dos pretos — espadas ou paus, já não sei dizer. Pela porta, entrou um coelho aparentado com a neve, bem branquinho.

Ficamos ali parados, os três, em frente ao espelho. Como que fotografados no foco dos quatro cantos da moldura. Eu tinha um coelho e um espelho. Queria atravessar o espelho, mas não queria largar o coelho. O valete falou: "Você pode levar o coelho, se quiser. Coelho em forma de amuleto, um pé de coelho". Mas matar o coelho eu não queria. Não era uma alternativa. Logo vi, o valete era o diabo, meu sonho número um, e nem tive muito medo. Fiquei forte porque precisava ficar. O diabo, que sempre vem com umas trocas muito desfavoráveis, como se fizesse um favor enorme, falou: "ou, você pode levar o coelho vivo, se me der toda luz dos seus olhos e um beijo molhado". Não sou boba de fazer um acordo com ele. Mesmo disfarçado de valete inofensivo e sonhador, carta fora do baralho, ele é tinhoso. Eu não, que não sou besta. Besta é ele.

Tirei o relógio do bolso e comecei a contar o tempo. Eram quatro horas: "Vamos fazer o seguinte: coelho ontem e coelho amanhã, mas nunca coelho hoje. Se eu for e voltar ainda agora, se não deixar passar um segundo; posso levar ele comigo, vivo e fofo, para ajudar no caminho?". O diabo ficou perplexo, achando que já tinha ouvido essa história em outro lugar, só que mais melecada, com geleia ao invés do coelho. Aturdido, não teve tempo de responder. Prendi as respirações, minha e do coelho. Um mergulho para o outro lado, nós dois muito contentes. Enganamos o diabo. Mais que um sonho.

Atrás do espelho, o tempo passa pelo avesso. Assim, logo hoje já era ontem, meu sonho número dois. O coelho foi ficando pequenininho e sumiu para dentro da barriga da mãe dele. Eu fiquei sozinha e invisível. Acenava e gritava, mas ninguém me enxergava. Até que encontrei uma menina magra, com as minhas olheiras, iguais. Essa menina me via, escutava, compreendia. Nós falávamos a mesma língua, com as palavras, as pausas e os gestos exagerados. Ela tirou os olhos vidrados do desenho animado da Branca de Neve e me falou com doçura "O caçador já matou o cervo". A menininha me fez pena, precisava aprender tudo da vida.

Eu não tinha muito tempo. Tinha aquele dia só, uma janela de dia, para escolher um arrependimento e soprar no seu ouvido. Um primeiro pensamento foi evitar alguma catástrofe; acidente, guerra, doença, chacina. Mas essas são coisas maiores, que nem o revés do tempo consegue desfazer.

No reflexo, do lado de lá do espelho, pensei mais simples. Só vomitei para ela as coisas que couberam naquela nesga de passado.

Aprende a tocar um instrumento. Não coça a catapora porque fica a marca. Beija o Dudu, porque ele vai mudar de escola. Não fica com medo de atravessar a rua, é só olhar para os dois lados. Esquece a Beka, ela não é sua amiga de verdade. O Brasil não vai ganhar a Copa de 82, nem perde tempo com isso. Começa logo a ler *Em busca do tempo perdido*, porque demora. Perdoa os burros, eles não fazem de propósito. Põe DIU, vai doer só no começo. Mas sobretudo, come mais frios com pão fresco no lanche de domingo — dia de frios, dia de festa — porque aquele mercadinho, na esquina da casa dos teus pais, vai fechar. Tudo vai ficar cinzento, por alguns anos. As pessoas morrem, não tem jeito. As pessoas matam, às vezes, sem perceber. O Brasil vai deixar de ser o país do futuro e continuar sendo um país sem memória. Cuida da postura. Fica bem, eu te amo. Tchau.

Tenho que correr para salvar o coelhinho de não existir, e voltar para o outro lado em tempo de ainda ser hoje. Lá, onde as horas seguem em frente, as proteínas mandam nos sonhos e não se brinca com o diabo.

O relógio emoldurado pelos quatro lados do espelho refletia os ponteiros. No susto da imagem invertida, achei que já fossem oito horas. Suspirei derrotada. Mas esfreguei os olhos retomando a realidade, respirei, procurei a calma das horas sem passado, as que não passaram: eram quatro.

Porque me lançaste no profundo,
no coração dos mares,
e a corrente das águas me cercou;
todas as tuas ondas e as tuas vagas
passaram por cima de mim.

Jonas 2:3

# 3
# KAVACHI

Em constante erupção no fundo do Oceano Pacífico, o vulcão Kavachi é abrigo de muitos monstros. As formas de vida alojadas em seu interior estão adaptadas a um ambiente impossível: entre a acidez das águas profundas que o vulcão engole e o calor do magma que ele vomita. Assim, nesse lugar híbrido, os seres que sobrevivem são estranhos como sonhos.

Jonas, quando criança, pensou que essa história do vulcão Kavachi e suas criaturas fantásticas era verdade. Jonas, quando cresceu e virou escritor de romances sérios sobre o amor e a guerra, pensou que aquilo sobre o vulcão Kavachi e seus monstros marinhos não era uma notícia real, mas uma história de ficção científica. Jonas, quando foi condenado à prisão por desertar o exército de Israel porque preferia escrever romances sérios a ter que morrer na guerra entre dois povos que amavam a mesma terra, pensou que precisava fugir. Jonas, quando fugiu e escapou da prisão para onde são mandados os desertores do exército de Israel, mergulhou bem fundo com cilindro e roupa de borracha nas águas das Ilhas Salomão onde fica o vulcão Kavachi. Jonas, quando foi engolido pelo vulcão Kavachi, passou ali três dias e três noites tentando pensar em outra coisa. Jonas, quando sobreviveu àquele exílio ácido e quente, ficou mais forte e se tornou outra coisa, metade homem, metade peixe. Jonas, quando foi cuspido pelo vulcão, depois de três dias e três noites, transformado em outra coisa, pôde nadar até a superfície do mar, pois já não precisava de cilindro ou roupa de borracha. Jonas, quando foi devolvido à praia, ficou na beira do mar sambando como as sereias e foi estranho como um presságio, porque ele não sabia sambar, nem conhecia a música da sereia e, muito menos, Clara Nunes. Jonas, quando cansou de sambar com aquele rabão pesado, sentou no raso do mar das Ilhas Salomão e ficou meio sem ter o que fazer. Jonas, quando lhe perguntaram se ainda sabia escrever, lembrou que sim e pediu um lápis daqueles amarelos com a borracha rosa numa das pontas. Jonas, quando conseguiu mudar de posição e se sentar com o rabo no mar e o resto do corpo na areia, quis também um bloco de papel. Jonas, quando passou aquela febre dos fotógrafos e jornalistas querendo estampá-lo em telas e revistas, teve paz para escrever a sua história de verdade. Jonas, quando escreveu o primeiro parágrafo desta página, percebeu que já não conhecia mais o Jonas do começo da história. Jonas, quando leu sua história manuscrita, ficou indignado e quis matar o exército e as guerras e os seres de raça pura, religião pura, país puro, todos esses seres que fazem os exércitos e as guerras e os exílios e as fronteiras entre os seres. Jonas, quando quis viajar para Israel ou para a Palestina com suas fronteiras finas e sua existência sobreposta no mesmo lugar e na mesma guerra, lembrou do rabo enorme que tinha e que o impedia de viajar para a Terra Santa ou qualquer outra terra. Jonas, quando percebeu que era uma quimera e só podia viver no limite fino entre a terra e o mar das Ilhas Salomão, se sentiu muito sozinho e pôs-se a chorar como a rosa do "cravo brigou com a rosa", no mesmo ritmo, como se o seu choro fosse uma canção.

Rosa, quando viu Jonas chorando como se declamasse para ela uma cantiga de roda, achou que era uma homenagem e pôs-se a rodar em volta dele como a linda Rosa Juvenil. Rosa, quando rodou em volta de Jonas até ficar tonta, percebeu que ele estava muito magro e lhe deu uma raspadinha de morango, das mais horríveis, porque era só o que tinha para comprar na praia das Ilhas Salomão. Rosa, quando viu Jonas com os lábios tingidos de rosa pela raspadinha de morango, teve vontade que seu primeiro beijo fosse na boca açucarada dele. Rosa, quando beijou Jonas na boca com aquele gosto artificial de raspadinha de morango, preferiu que o sabor fosse salgado e bochechou o beijo com a água do mar. Rosa, quando engoliu o mar, teve vontade de um segundo beijo na boca só que agora dentro da água. Rosa, quando mergulhou no mar com Jonas, entendeu que iriam longe. Rosa, quando nadou fundo, teve medo de perder o ar. Rosa, quando sentiu que Jonas respirava ar na sua boca porque estavam presos no mesmo beijo, quis ir mais longe e mais fundo. Rosa, quando nadou tanto atracada a Jonas que acabou virando um terço rosa, um terço peixe, um terço Jonas, desejou uma lua de mel de três dias e três noites na barriga do vulcão Kavachi.

RosapeixeJonas, quando penetrou o escuro do ventre do vulcão, se sentiu em Marte. RosapeixeJonas, quando se pôs a rodar e cantar chorando, toda desajeitada, naquele ambiente híbrido, teve o insight de que já não era um ser de raça pura. RosapeixeJonas, quando refletiu sobre sua condição de quimera esquisita, pensou nos ovinhos de microcrustáceos que a sua avó comprava em pacotinhos na banca de jornal nos anos 1970. RosapeixeJonas, quando puxou pela memória o nome daqueles pacotinhos dos anos 1970, lembrou que se chamavam *Kikos Marinhos*. RosapeixeJonas, quando pensou bem sobre os *Kikos Marinhos*, percebeu que ninguém nunca tinha visto algum daqueles ovinhos eclodir no aquário. RosapeixeJonas, quando se deu conta de que estava longe de ser criança e acreditar em coisas que não via, sentiu muitas saudades de casa. RosapeixeJonas, quando viu que tinha saudades de coisas invisíveis, achou a vida uma injustiça. RosapeixeJonas, quando finalmente relaxou e se deixou embalar pelo suco gástrico do vulcão Kavachi, ficou bem menos desajeitada em sua coreografia e parou de chorar. RosapeixeJonas, quando fez seu ninho dentro do vulcão e botou ali um ovo azulado inédito, entendeu: tinha se tornado destino, o que era para ser uma escala.

ficou moderno o milagre:
a água já não vira vinho,
vira direto vinagre.

> Cacaso

# 2
# RIO DOCE

Das margens, olhavam dois horizontes opostos. Um rio cria dois pontos de vista, algumas vezes, de uma das margens é impossível ver a outra. Nesses casos, o rio é tão vasto que parece um mar. Separa, e já não pode ligar.

Nunca mais o vi. Kléber atravessou o rio para estudar, viver maiúsculo na cidade grande do lado de lá. Nunca mais voltou. Foi justo quando eu vim para ficar aqui, escolha dos meus pais. Kléber e eu tivemos duas semanas no mesmo leito, experimentando a nudez dos corpos à margem do mundo. Foi um encontro de juventude, cheio de urgência. Olhávamos o rio e ele, já poeta, me explicou como acontecia.

*O rio doce e tranquilo, um curso de águas, ensina palavras sussurrando. Aquelas que sabe de cor, porque ouviu ao nascer: a ressaca por parte de pai e o ouro trazido da mãe. Piranga, Carmo, peixes, invertebrados, anfíbios e répteis vão se misturando na bacia hidrográfica; uma bacia prateada que serve para batizar os seres, ainda que sem a caneca de lata. O destino de todo rio, desde o rio Jordão, é nomear as coisas para que ganhem alma e possam virar poesia. Mas alguns seres são duros e, mesmo depois de batizados, não ouvem a melodia da própria alma que poderia transformá-los em poesia, e viram pedra. Viram carvão, diamante, minério de ferro.*

Ríamos da sua tese: poesia das margens é poesia marginal, os minérios dos leitos são riqueza capital.

No começo, ele me mandava cartas longas, a letra desenhada e firme de quem passa a escrita a limpo. Contava da faculdade de Letras, dos livros de poesia, dos filmes alternativos em cineclubes pequenos. Sempre voltava ao nosso assunto, encompridava aquela história do rio batizar as coisas leves e petrificar as pesadas. Era a nossa história, secreta e compartilhada.

*As palavras preciosas se acumulam na superfície dos leitos e, escondidas entre as folhagens como cigarras, entoam a canção da alma que ganharam por batismo. As pedras e metais preciosos se enfiam no meio da terra e, como formigas, trabalham em silêncio acumulando matéria.*

Eu continuei indo para a beira do rio a cada nova carta, olhava o horizonte, imaginando a outra margem. Aplicava o conhecimento recém-adquirido através das palavras manuscritas pelo Kléber: cavoucava a terra fofa do leito para desorientar as formigas e acompanhava de longe os metalúrgicos trabalhando o cobre que saía da mina do Sossego; às vezes ouvia aquele som estalado das cigarras e esboçava as minhas melhores palavras para enviar de volta a ele.

*Nas duas margens do rio há palavras e pedras. As palavras pulam e gritam até serem encontradas, então se juntam em versos e canções. As pedras não, esperam estáticas — sem som e movimento — até serem garimpadas, então se repartem, raramente de forma justa, como recurso material.*

As cartas dele falavam de imaginação e as minhas de expectativa. Os fatos do meu lado do rio foram ficando mais duros, nosso leito sendo subtraído com voracidade pela companhia siderúrgica. Parei de escrever cartas. Ele continuava a enviar as suas, cheias de horizonte: viagens e lugares e pessoas, inéditos. Por gentileza, talvez nostalgia, retomava aquela história do rio Doce — capaz de dar asas aos seres de superfície e transformar em estátuas os de subsolo. Uma história que até podia ser a mesma, dura e triste como a minha, mas que em suas palavras tão bonitas parecia ser outra.

*O rio separa dois lados. Os lados se separam em dois planos. As margens deitadas nos leitos, os leitos solitários à margem. O mundo terreno sobre o subterrâneo do mundo. A esperança das palavras tentando se sobrepor à espera das pedras. A gravidade das pedras querendo impor seu peso às palavras voláteis.*

*Mal as coisas nascem já se dividem, tudo é bifurcação. As cigarras só inventam, as formigas se repetem.*

Então suas cartas se espaçaram, no tempo e no espaço. Ficaram cada vez mais raras, vinham de lugares impronunciáveis cada vez mais remotos. De minha parte, os passeios à beira-rio se tornaram impossíveis; não há mais leito, não há mais tempo. Tenho minha família, as crianças querendo constância, o marido exigindo presença. A vida mudou. Para ele também: escreveu livros, ganhou prêmios, aparece no jornal com mulheres magras. Quando acontece de me escrever, fala de um rio que já não é o nosso.

*O rio à deriva, perplexo consigo mesmo. No início era sopa primordial e não apartava as coisas dos nomes, nem a música do silêncio. O rio nem corria, anterior à separação entre as espécies na chave dicotômica, ficava suspenso. O rio era uma origem, fértil de possibilidades. Mas aos poucos se transformou em tempo que flui e só sabe multiplicar, dividindo. O rio corre para o mar, o tempo corre para o futuro, o sentido das coisas não tem mais volta.*

*Uma contagem tem direção. Um, dois, três, quatro. Sol, lá, si, dó. Solanácea, ladrilho, silêncio, dor. Soldar, lapidar, simplificar, domesticar. Surgem substantivos e verbos — seres e fazeres. O fazer dos seres vivos é a evolução, um vai virando outro (seleção natural): insetos, vermes, moluscos, minhocas.*

Não houve mais cartas. Só o desencontro é o mesmo, comungado sem hóstia ou perdão. Comprei seu último livro.

*Para juntar de novo, os nomes e os corpos, vai ser muito difícil. Para desbatizar tudo, talvez só uma tragédia, ou muitas.*

*Um descaso, desabamento, rompimento de barragem e acabariam as margens, os leitos e a vida. Tudo seria varrido pelo marrom: o rio que era doce, louco varrido.*

*Um vírus — rígido como uma pedra, circulante como uma palavra — restauraria a indistinção entre corpo e alma. Tudo sob a terra, as margens de erro das curvas achatadas em leitos de morte.*

*A destruição. Camada de gás, floresta e mar. O óleo escuro tingindo o verde. A destruição pode zerar a contagem dos tempos. Não seria uma volta à origem fértil do caos original, mas um fim. Sobraria, metálico e ensurdecedor, um calor de inundar os leitos, dissolver as margens, fritar formigas, estourar cigarras.*

Desde o instante que nasci, já era culpado.

Hermann Hesse

# 1
# QUARTINHO

Bastava um quarto, assim pensou dona Silvia no desespero de fuga quando chegou à Jangada.

O menino nasceu prematuro, de tanto que ela apanhou antes de fugir. Veio de Mogi escapando daquele inferno que era a vida com o Tigrão. Chegou com o bebê quase nascido entre as pernas. Quando o guri vingou, sobrou o apelido: Mogi. Lindo, cabelo preto, preto, bem liso; parecia um indiozinho.

Lucimara tinha uns quinze anos quando apontou os peitinhos, ainda botões, para o chefe da facção. Ele era ruim de verdade, tanto que era conhecido como Ca, de Capeta. Por Lucimara, largou a mulher, os filhos, a vista do morro. Mandou fazer um sobrado novo na Baixada, com antena parabólica e porta de alumínio. Logo vieram os gêmeos, que ela não dava conta de cuidar: o leite era pouco, os meninos famintos, o peito sangrava, ela chorava de dor. Ca não aguentava aquilo. Então trouxe dona Silvia e o indiozinho para morar com eles. Lucimara precisada de ajuda e dona Silvia com leite de sobra, o quartinho dos fundos até que ajeitado. Os dois precisavam de teto, não tinham onde cair mortos.

Dona Silvia fazia vista grossa para muita coisa: a pirraça da menina que foi mãe muito nova, as metralhadoras entrando em caixa e saindo distribuídas, o talco pesado nos pacotinhos. Se ocupava com as fraldas e a choradeira dos três meninos. Já era muito.

Às vezes faziam churrasco na laje do seu quartinho, uma fumaceira danada e o pagode nas alturas. Ela embaixo com as crianças, tentando fazer dormir. Quando Ca ficava maduro de bêbado, descia. Se encostava nela e já ia entrando sem pedir licença. Dona Silvia morria de nojo, aquele homem em cima dela, na frente dos meninos. Quando aceitou o quartinho por necessidade, não pensou que fosse sem trinco. Pelo menos, Ca não batia.

Na favela da Jangada, três coisas acabam em morte: mexer com a mulher dos outros, se meter com filho de poderoso, e dedurar traficante. O mais forte ou mata ou manda matar. Uma selva.

Se vai ter batida da polícia, a notícia corre, sobe pelas quebradas. As ruas se esvaziam depressa. Todo mundo dentro de casa, no toque de recolher. Ninguém sabe de nada, no caso de a polícia perguntar. Mas nesse negócio de facção, milícia, tráfico, polícia, tem muita traição. O Rei não era aliado, mas também não era um inimigo. Rei e Ca não se estranhavam, tinha negócio para os dois, cada um no seu ramo. Até que Ca, que nunca assentou o facho, mexeu com a Jacira, a filha do Rei. Não teve por onde acalmar a majestade: era muita cara de pau do Capeta. O Rei precisava dar exemplo, teve que revidar, circulou a ficha do Capeta.

Naquela noite, a polícia veio direto no sobrado da antena. Entraram atirando na porta de alumínio. Muito mais tiros do que precisava. Não sobrou ninguém, só buracos de bala. A televisão respingada de sangue ainda estava falando quando Mogi saiu do banheiro, assustado com o barulho. Capitão Lobo olhou para o menino, o instante foi comprido. Lobo era um policial experiente, farejava problemas longe. Sabia bem que era melhor não deixar traço, nem dar chance para família de bandido. Mas o menino tinha olhos tão pretos, que turvaram suas ideias. A noite tomou conta de tudo. Não sobrou uma estrela de guia e Lobo ficou enfeitiçado. Tirou o menino dali, embrulhado num cobertor.

Dona Adalgisa, mulher do capitão Lobo, pôs uma tromba enorme. Sempre sobrava para ela a bondade do marido. Percebeu que qualquer divisão, com aquele indiozinho, ficava injusta. Ele era bonito demais, e ágil de um jeito que desorganizava as regras mais justas. Temeu pelos próprios filhos, teve ciúme por eles, chorou e, por fim, os dedos arriscaram um cafuné naqueles cabelos lisos e ela se apaixonou também.

Mogi foi criado como um filho entre os Lobos.

O que os irmãos tiveram, ele teve: escola, o material e o cabelo, repartidos; o uniforme e a lição, passados; dentista e barulho de motor e arame de cutucar, insistentes; a massinha prateada e o cheiro de substância volátil, preenchendo buraco. Mesmo o plano não cobrindo, deu-se um jeito, Mogi era da família, os dentes eram de lobo, brancos e limpos; e abraço, teve abraço frouxo, apertado, teve abraço justo, dependia do pai, da mãe, dos irmãos, dele índio, dele lobo, dos dias; Mogi teve de tudo, até mais.

Era esperto da cabeça e grande de corpo, como o Tigrão.

Cresceu alinhado. Torcia igual pela Portuguesa, tinha a mesma camisa, ia junto no jogo e gritava os refrões, tomava a cerveja, olhava as bundas, vivia em bando, bem. No raso, na festa, na chacrinha, ele era igual. Mas tinha fôlego para ir mais fundo. Era, em tudo, um pouco mais. Um pouco mais preferido, das professoras e do sistema; entendia logo, dava certo. Formou-se advogado, em cinco anos, entre os melhores.

Mogi era bom advogado. Rápido e agressivo, não perdia um prazo. O escritório tinha Lobo no nome: Campos Lobo, advogados associados. Com o dinheiro comprou casa, teve filho e criou com mimo. Também o filho de Mogi era como filho de Lobo e tinha: trem de ferro, arame nos dentes, lapiseira de ponta, quarto com bicama, bicicleta de rodinhas, aros brilhantes rodando sem trava. A vida andava.

Um dia veio, sem mais nem menos, a notícia da morte do pai Lobo, o capitão, em uma batida. Mogi nem quis entender se era batida de automóvel, ou batida policial na favela da Jangada. Pensou que o pior era a morte mesmo. Mogi, que nunca perdeu aquela escuridão que trazia nos olhos, sentiu um frio por dentro, desses que o cuidado não cura e o carinho não esquenta.

Olhou para os objetos em cima da mesa: uma faca, um copo, um maço de cigarros, a caixa de fósforos. Pensou besteira, achou uso torto para todas as coisas. Sentiu o peito esquentando como o inferno: era ódio do Capeta, do Tigre, da Mãe, da Lucimara, da Jacira, dos gêmeos, dos Lobos, da Jangada, do bairro novo, de Mogi das Cruzes, do escritório de associados, do filho, da mãe do filho, do que não foi, do que já era, do que a vida fez dele, do que poderia ter sido.

Foi tanta pinga no estômago, que sentiu uma queimação, o bafo saiu inflamável, o verbo descontrolado se alastrando, arrumando confusão.

Vagou a noite toda e não houve lugar na cidade onde Mogi se sentisse em paz. Não houve lugar em seu corpo onde encontrasse sossego. Aquilo vinha de antes da sua existência. Sua saudade era de um tempo longe. Sonhava uma fogueira rodeada de gente parecendo bicho. Uma tribo que atiçava o fogo para queimar junto, no inferno.

Mogi não era um Lobo. Ele era filho de Tigre, embalado pelo Capeta. Sabia sem ter aprendido, de faca e de carne.

Quando o indiozinho tornado homem-doutor encharcou de gasolina a casa e o corpo, não precisou faísca para o fogo começar. Tudo foi virando chama e barulho, até sobrar só o silêncio que seu filho ouviu quando chegou.

[...] tudo que entra em cena para a vida, tudo o que deve atuar de maneira vivente precisa ter invólucro. E assim, também, tudo o que está direcionado para fora pertence sempre precocemente à morte, à corrupção.

Goethe

∞
# CÉLULA

Nada a fazer. Não tem fim. Estava condenada à arrebentação de um mar infinito de ondas doloridas. Mas talvez um quarto ajudasse, ela repetia em silêncio num lampejo de esperança, o pensamento interrompido pelas contrações. Quando o útero apertava, eram todos os arranjos e combinações: um quarto! Basta um quarto! Basta, um quarto! Basta. Depois, quando o músculo relaxava, era hora de imaginar o cômodo em detalhes, de mobiliá-lo. Mas só nos entretempos. Porque imaginação, como palavra, quer mesmo dizer o intervalo entre a pupa e a borboleta. Imaginar é dar medida a algo imensurável por natureza, à criação. Naquele caso, no breve intervalo entre duas dores, a mulher tentava, mas não conseguia, ir além das próprias palavras. A primeira mãe era verbo e apreensão. Nela, só a angústia era capaz de visões. Imagens urgentes: o chão, o teto, as quatro paredes; o mínimo necessário para um começo de vida, uma boa hora. As paredes dariam à criança o contorno de um futuro; à mãe, a segurança e proteção contra os elementos da natureza; à luz, foco, possibilidade de escolher um ponto preciso e, esgueirando-se através da fresta na janela, iluminar uma única criatura protagonista. Esse era o parto concebido pela angústia. Sabe-se que "a angústia é a vertigem da liberdade": correr para a beira do abismo, querer se jogar, sentir as náuseas da iminente queda livre, hesitar e acabar na clausura de uma pequena célula, uma única célula viva.

O que a mãe não sabia, nem tinha como saber, é que aquele era apenas um entre os muitos partos possíveis. Existiam maneiras menos enfáticas de vir a existir, com mais suficiência, sem o consolo de um quarto; sem o protagonismo de uma mãe, sem a estridência dos gritos. Havia outras formas de imaginação, menos constritas que a fabulação angustiada. Cenários muito diversos: quebrar o ovo; somar-se ao outro como quimera, transformar-se por metamorfose, ser construído como um artefato; ver-se reproduzido no espelho; duplicar-se e, em seguida, partir-se ao meio, infinitamente; tornar-se imortal; brotar da terra e depois brotar de si mesmo quando a estação fosse fértil; morrer partido ao meio, o corpo no chão e a alma no teto, não do quarto, mas do mundo sem paredes.

Enquanto a angústia da primeira mãe dava à luz a condição humana, como se tivesse inventado todos os inícios, os outros partos aconteciam, sem alarde, há tempos. Se davam no infinitivo dos verbos — quebrar, somar, ver, partir, morrer. Desde sempre e para sempre, como nos contos de fada.

Isso, foi no começo.

Ovo é a coisa mais nojenta que existe. Galado então, dá vontade de vomitar. Já era mulher feita e ainda tinha pavor de ovos. Clara ou gema, fios, suspiros, ou mesmo ovos só por escrito nas receitas — meia dúzia de ovos, reservar as gemas, bater as claras em neve — ela evitava. Teve que se haver com eles dessa vez, precisava fazer o bolo. O terceiro ovo quebrado estava galado. Sabia que não deveria ter nojo daquela promessa de vida abortada; era apenas um ovo contendo um embrião, que seria um pinto se não o tivessem interrompido. Ela sabia que, naquele estágio do desenvolvimento embrionário do ovo escorrido pelo ralo da pia, as asas e o cérebro ainda eram uma mesma célula, indeterminada, totipotente. Uma célula todo-poderosa. No entanto, nada daquilo — nem sabedoria nem conhecimento — lhe trazia tranquilidade. Decerto, eram as lembranças que tinha do dia em que a avó morreu. A imagem dos ovos quebrados no chão da cozinha, o amarelo que corria em direção ao sangue, o sangue que escorria do corpo da avó, a avó que já não poderia ser socorrida nunca mais. Uma poça viscosa e quente, verniz opaco e o cheiro agridoce daquilo que se esvai quando a vida, seja ela amarelo-ovo ou vermelho-vivo, morre.

Aos cinco anos, ela já desenhava as pessoas com umbigo. Vocação para a realidade das formas, senso de observação, curiosidade. Os adultos precisavam de hipóteses. Quando conheceu os números, achou que podia contar todas as histórias, a lógica da vida se reduziria a duas operações: divisão e multiplicação. As bactérias, as células tumorais, as leveduras da cerveja; seres microscópicos proliferam em progressão geométrica, se multiplicam ao se dividirem, vão nascendo de forma incontida. Assim, por medo desses pequenos círculos vivos e descontrolados, ela foi preferindo os triângulos, sua matemática previsível, a única forma de ligar três pontos no espaço, cada um no seu canto, separados. Na mesma época dos umbigos desenhados, seu pai lhe mostrava um livro com todos os animais possíveis — tigre, leopardo, onça-pintada, lobo, jabuti, borboleta, cachorro, urso, peixe, sapo. As páginas eram repartidas em três partes — cabeça, corpo e membros, ou de outra forma, caso não fosse um bicho organizado assim. O livro criava quimeras misturando os animais. Naquele dia do avião cancelado, era para ter sido um triângulo, elas duas e ele esperando na lanchonete do aeroporto, cada um em sua mesa e linhas imaginárias guardando a distância entre os pontos. Três pontos podem não perfazer um triângulo. Fora da matemática, podem ser reticências, suspense, surpresa. Podem ser três pontos sobrepostos, corpos entrelaçados gemendo; nascer outra coisa, uma coisa só, quimera de três pedaços.

— É o sapo que vira girino? Não, é o girino que vira sapo. Lembrou-se, havia aprendido: o sapo, com sua língua invertida, é o destino final anfíbio. Pensou tudo isso em segundos, ao topar com aquele bicho verde e observador. Não teve medo. Se ele sabia saltar, ela também pulava amarelinha e corda, até melhor. Se era muito estranho o sapo e o girino serem o mesmo animal, também era estranhíssima a ideia de crescer e virar muitas mesmas pessoas — mulher, mãe e avó — tão diferentes. Um sapo, às moscas, certamente tem saudades de quando nadava na companhia dos outros girinos. Ela teria saudades de si mesma saltitante. As crianças viram adultos quando param de pular, os adultos viram crianças quando pulam. Os sapos ficam mais sós quando deixam de ser girinos. Por outro lado, só quando deixam de ser girinos, os sapos podem virar príncipes.

Sentia a dor ritmada das contrações, lhe restava apenas o intervalo entre fisgadas para imaginar cada detalhe do alívio do parto, um quarto acolhedor. Se lembrou das palavras da mãe: só os detalhes apaziguam.

Com uma das mãos apertava o ventre, tentando domesticar os movimentos involuntários. Com a outra, contava de cinco em cinco as contrações, perdendo as contas quando acabavam os dedos. Esforços vãos, gestos desperdiçados. A cabeça, ela usava bem, mesmo ofegante e tonta, para construir um lugar imaginário; alternava sua ênfase entre os objetos daquele quarto: cortinas, tapete, abajur, a cama, travesseiros. Mais que estranho, aquele era um pensamento trabalhoso. Acontecia em prestações, cada vez menos espaçadas. Exigia muitas imagens em pouco tempo. Na próxima parada, ela aprofundava a lista de elementos com mais detalhes: de organza, rústico, colorido, grande, enorme. Nova pausa para o repuxo da dor. Novo intervalo. mais detalhes: uma moldura, uma criatura, uma luz, um quarto, um basta.

Por fim, ainda faltando imaginar a mesinha de cabeceira e as toalhas mornas, pariu. A criança nasceu misturada à terra molhada e ao cheiro molhado, ao calor do sangue espesso e ao cheiro quente. A criatura, tão suja, que poderia ter nascido tanto da mãe quanto da terra. Um ser que parecia inacabado ou infinito. Talvez, só precisasse de um nome para existir melhor. Escolheram "Homem". Não bastou. Continuou confuso, sem saber onde estava — se era fim ou começo — quando chegou.

# AGRADECIMENTOS

Penso que todo livro é um sobrevivente e um cadáver. Esse é: o que pode se cumprir de uma promessa inicial que era pura potência, o que precisou se encerrar num corpo fechado para caber no buraco da estante. Marcelino Freire foi inaugural, Ana Estaregui, Alberto Martins e Roberto Zular, definitivos. Sem eles, essa contagem não teria começo nem fim. Agradeço também, infinitamente, aos que me acompanharam na trilha; os que já estavam antes e os que foram chegando para morrer comigo e sobreviver nessas páginas. Sem eles, contar não teria sentido. Uma lista seria bobagem, afinal, alguém maior já escreveu "Todos os Nomes".

## SOBRE A AUTORA

Marcella Faria nasceu em Santiago do Chile em 1968, é bióloga e mestre em Bioquímica pela Universidade de São Paulo, doutora em Biofísica pelo Museu de História Natural de Paris. Fez pós-doutorados na Unifesp e no Collège de France, dirigiu grupos de pesquisa no Instituto de Química da USP e no Instituto Butantan, sempre interessada nos processos de diferenciação celular, aqueles que conduzem as células vivas a destinos e identidades diversos. Nessa área, publicou mais de quarenta artigos científicos, editou livros e periódicos. A partir de 2017 integrou-se ao núcleo de ciência e arte da Dactyl Foundation de Nova York e passou a investigar os pontos de contato entre a biologia celular e a criação literária, entendidas como formas vivas — orgânicas, narrativas e poéticas. Em 2021, completou formação em escrita literária de ficção e não ficção pelo Instituto Vera Cruz em São Paulo. Em 2022, publicou *Brincadeira de correr* pelo Círculo de Poemas (Luna Parque/Fósforo). *Números naturais* é seu primeiro livro em prosa.

Este livro foi composto em Minion
pela Franciosi & Malta, com CTP
e impressão da Edições Loyola em
papel Pólen Natural 80 g/m² da Cia.
Suzano de Papel e Celulose para a
Editora 34, em outubro de 2023.